KiWi 226

Über das Buch

Nachdem im März bereits Panaït Istratis *Kyra Kyralina* erschien, liegt mit Onkel Anghel jetzt der zweite Band der Romantrilogie DIE ERZÄHLUNGEN DES ADRIAN ZOGRAFFI vor.

Auch in diesem Roman führt der große rumänische Erzähler Istrati den Leser wie ein orientalischer Märchenerzähler in die schillernde Welt des Balkan mit seinen derben Bauern und wilden Räubern. Erzählt wird die Geschichte von Onkel Anghel, der einst ein erfolgreicher Schnapshändler war, eine schöne Frau und drei gesunde Kinder hatte. Doch, wie Hiob, wird Anghel vom Schicksal getroffen: Seine Frau entpuppt sich als Schlampe, sein Haus brennt nieder, seine Kinder sterben. Anghel zieht sich vom Leben zurück und ertränkt seinen Kummer in den eigenen Schnapsvorräten, bis sein vom Alkohol zerstörter und von Würmern zerfressener Körper dem Tod entgegensiecht. Auf dem Sterbebett ruft er seinen geliebten Neffen Adrian zu sich, um ihn mit abschreckenden Geschichten aus seinem Leben über die menschlichen Leidenschaften als Wurzel allen Übels aufzuklären. In ungestümer Fabulierlust reiht sich Erzählung an Erzählung...

Der Autor

Panaït Istrati, 1884-1934, Sohn eines griechischen Schmugglers und einer rumänischen Bäuerin, zuerst Hafenarbeiter, Handwerker, Sekretär der Hafenarbeitergewerkschaft, Redakteur einer Arbeiterzeitung, 1913-1931 als Vagant durch alle Länder des Mittelmeers und des Nahen Ostens, unzählige Berufe. Nach einem Selbstmordversuch in Nizza 1921 von Romain Rolland als »Gorki des Balkans« entdeckt.

Weiterer Titel bei K & W

Kyra Kyralina, KiWi 192, 1990.

Panaït Istrati

Onkel Anghel

Roman

Aus dem Französischen von
Karin Rohde

Kiepenheuer & Witsch

Veröffentlicht im Verlag Kiepenheuer & Witsch, Köln 1990

Aus dem Französischen von Karin Rohde
Umschlag Manfred Schulz, Köln
Gesamtherstellung Clausen & Bosse, Leck
ISBN 3 462 02058 7

PANAÏT
ISTRATI

Onkel Anghel

Bei Einbruch jener Nacht im frühen April begann der Weiler Baldovineşti, der etwa fünf Kilometer von Brăila entfernt lag, den ersten Tag der Auferstehung Christi zu feiern. Auf allen Höfen zündeten die Bauern Haufen getrockneten Schilfs an; überall hallten fröhliche Flintenschüsse wider – Huldigungen, von den Rechtgläubigen nach ländlicher Sitte dem zum Gedenken dargebracht, der der beste aller Menschen war.

In der Hütte Onkel Dimis, des Jüngsten der Familie, hatten sich Mutter Joiţa, die älteste von den vier Geschwistern, und ihr einziger Sohn Adrian, ein Junge von achtzehn Jahren, eingefunden, um die drei Ostertage hier zu verbringen. Beide waren aus der Stadt gekommen. Mutter Joiţa war einige Monate, nachdem sie ihr Kind zur Welt gebracht hatte, verwitwet, hatte sich nicht wieder verheiratet und lebte von ihrer Hände Arbeit.

Viel Platz gab es nicht bei Dimi. Obwohl jung an Jahren, war der arme Bauer schon von einer zahlreichen Familie umgeben, aber die gute Schwester begnügte sich mit einem Winkel des Zimmers, während Adrian, wie immer glücklich über die Abwechslung, sich ohne Umstände mit dem Onkel auf dem Speicher im Heu schlafen legte, vergnügt seinen Geschichten lauschte und ihm Neuigkeiten aus der Stadt erzählte. Manchmal wunderte sich Adrian über diese ungebundene Lebensweise.

»Du schläfst im Speicher und deine Frau bei den Kindern – das ist doch kein Leben ...«
»Es muß schon sein, mein Lieber; sonst – na ja, wie soll ich's dir sagen? Sonst kommen die Kinder zu rasch ...«
»Das ist eine Erklärung! Und wenn du vom Speicher herunterkommst?«
»Dann gehe ich in den Sumpf, Schilf schneiden ...«
»Und wenn du aus dem Sumpf zurückkehrst?«
»Dann steige ich auf den Speicher ...«
»Und woher kommen dann deine Kinder?«
»Gott schickt sie ...«

Sobald das althergebrachte Essen, bestehend aus borş, gebratenem Lamm, cozonac und »roten Eiern«, beendet war, ging Dimi auf den Hof hinaus, um den Schilfhaufen in Brand zu stecken und Freudenschüsse ins Blaue hinein abzufeuern. Das ganze kleine Kroppzeug und sogar die Erwachsenen folgten ihm.
Die Nacht war sternenklar. Dimi lauschte dem Geratter des Zuges, der nach Galaţi fuhr, und sagte: »Der Neunuhrexpreß.« Und er zündete das Schilf an. Sofort stiegen die rauchenden Flammen gerade zum Himmel auf, begleitet vom ohrenbetäubenden Geschrei der Kleinen, die wie rote Teufelchen herumtanzten. Dann feuerte er aus beiden Läufen seines Jagdgewehrs Schüsse in die Luft ab und sagte nach jedem Schuß mit der Überzeugung eines guten, rechtgläubigen Christen: »Christus ist auferstanden!«
In diesem Augenblick nahm Adrians Mutter ihren Sohn beim Arm, zog ihn beiseite und befahl ihm in gebieteri-

schem und furchteinflößendem Ton: »Lauf zu unserem Cousin Stefan, dem Priester, und bitte ihn in meinem Namen, sofort zu uns zu kommen! Danach lauf weiter bis zu deinem Onkel Anghel und bring ihn hierher!«

Adrian schrak zusammen, gerade so, als hätte seine Mutter zu ihm gesagt, er solle eine Schlange mit der Hand anfassen.

»Aber, Mama, du weißt doch, daß Onkel Anghel allen gram ist und keinen Menschen mehr sehen will!«

»Gerade deshalb muß er kommen; sag ihm, ich, seine älteste Schwester, bestelle ihn her. Lauf schnell!«

Adrian rief den Hund Sultan herbei, nahm einen Stecken und verschwand in der Nacht, ohne daß jemand sein Weggehen bemerkte.

In dieser Familie von Enterbten war Onkel Anghel der ältere von den beiden Söhnen. Ein tragisches Schicksal war über ihn hereingebrochen; aus einem begeisterungsfähigen und gläubigen Menschen hatte es einen Griesgram und Gottlosen gemacht. Als Kinder von leibeigenen Bauern, die zum Gut des Bojaren gehörten, besaßen die vier Geschwister kein anderes Eigentum als die Balken der väterlichen Hütte, die Obstbäume und den Weinberg. Land gehörte ihnen nicht. Und so verließen alle, bis auf den Jüngsten, der bei der verwitweten Mutter blieb, das Elternhaus. Zuerst gingen die beiden Schwestern fort, um in wilder Ehe mit zwei wohlhabenden Griechen zu leben, die sich um die gesetzliche Ehe nicht scherten. Der Knabe Anghel zog in die benachbarte Stadt Brăila und verdingte sich dort mit neun Jahren bei einem Weinhändler. Seit

früher Kindheit hatte er nämlich eine tiefe Abneigung gegen Arbeit auf fremdem Grund und Boden.
Zehn Jahre blieb er bei demselben Herrn, einem redlichen Mann, der ihn reichlich für seine Dienste belohnte. Nachdem er in sein Dorf zurückgekehrt war, verliebte er sich sterblich in das schönste und ärmste Mädchen der Gegend und heiratete es sogleich. Seiner Kurzsichtigkeit wegen wurde er vom Wehrdienst befreit; er kaufte ein Stück Land und ließ sich als Schankwirt an der Landstraße nach Galaţi nieder.
In seinem Gewerbe hatte er eine glückliche Hand, und die günstigen Auswirkungen des Krieges von 1877 kamen ihm zugute. Innerhalb von zehn Jahren war es ihm gelungen, ein Vermögen zusammenzubringen, das ihm den Kauf eines zweiten Grundstücks erlaubte. Dieses lag fünfhundert Meter von seiner Schankwirtschaft entfernt. Er pflanzte dort die besten Obstbäume, legte einen Weinberg an, der bald berühmt wurde, und baute das schönste Haus im Dorf, mit einem Stall für Pferde und Zuchtkühe, einem Hühnerhaus, Schaf- und Schweinestall und so weiter. Aber in seinem häuslichen Leben war er weit weniger glücklich; da ging es ihm sogar denkbar schlecht. Nach weiteren zehn Jahren wurde er vom Schicksal heimgesucht. Seine Frau war dumm, tückisch, unfähig, einen solchen Haushalt zu führen, und abstoßend schmutzig. Sie schlief stundenlang im Schatten, den offenen Mund voller Fliegen, während das Kind neben ihr in seinem Kot herumpatschte. Das Vieh wurde rasend vor Durst. Durch Hoftor und Haustür trat nur ein, wer nicht stehlen wollte.

Adrian erinnerte sich, gesehen zu haben, wie sein Onkel an einem Sommertag alle Fensterscheiben des Hauses einschlug, weil sie durch Fliegendreck so verschmutzt waren, daß sie kein Licht mehr hindurchließen. Während der ganzen Zeit, die er dazu brauchte, wachte die Frau nicht auf. Als ihr Mann an ihr vorbeikam, spuckte er ihr kräftig ins Gesicht, dann ging er fort. Sie schlief weiter. Weil er glaubte, durch Strenge dem Übel abhelfen zu können, schlug er sie oft. Aber sie wurde dadurch nur noch stumpfsinniger. Da verkaufte er das ganze Vieh und verließ das Haus; nur noch einmal im Monat ging er dorthin.

Um den Kindern, die sie zur Welt brachte, den Anblick einer solchen Mutter zu ersparen, nahm er sie ihr weg, sobald sie das fünfte Lebensjahr erreicht hatten, und gab sie nach Galaţi zu einem Verwandten in Pflege, wo er sie fünf- oder sechsmal im Jahr besuchte und ihre Erziehung genau verfolgte. Dann zerriß er auch das letzte Band, das ihn noch an sein Weib fesselte, das körperliche. Das Haus, das weit und breit das blühendste hätte sein sollen, war nur noch ein überaus geräumiger menschlicher Wohnstall.

Weil er in seiner Liebe aufs tiefste gedemütigt worden war, nahm er sich zuerst Geliebte, aber ohne daß er Vergnügen daran hatte, sondern bloß, um sich zu rächen, um seine Frau zu reizen, sie »wachzurütteln«. Sie hörte das Gerede, sah mit eigenen Augen und machte sich gar nichts daraus. Der Schlaf war ihr lieber. Sie gab sich nicht einmal mehr

die Mühe, sich den Mund abzuwischen, und schlief beim Essen ein.
Aber den Leuten, die den Wohlstand des unermüdlichen Arbeiters mit gehässigem Neid betrachteten, war sein häusliches Leid nicht genug; sein Unglück als Ehemann reichte ihnen nicht. Eines Nachts legten unmenschliche Hände, ohne Furcht, ertappt zu werden, Feuer an das schöne Haus. Vom Fenster der Hinterstube seiner Schankwirtschaft aus sah Onkel Anghel, wie die Flammen seinen Wohnsitz mit den verzinkten Dächern einhüllten. Für die Schreie der Leute, die ihn zu Hilfe riefen, damit er sein Hab und Gut rettete, blieb er taub. Er sagte sich: ›Wenn sie nur mit verbrennt.‹
Sie verbrannte nicht, sie schlief weiter im Schatten dessen, was die Nachbarn vor dem Verderben gerettet hatten, bis zu dem Tag, an dem der Schöpfer, der sie in die Welt gesetzt hatte, um den Menschen die Kehrseite der Vorzüge weiblicher Schönheit zu zeigen, sie mit einer heftigen Lungenentzündung schlug und zu sich rief, um die Büßer in seinem Fegefeuer zu schrecken.

Man hätte glauben können, ihr unerwarteter Tod habe Onkel Anghel kalt gelassen; aber das war nicht so.
Sein Neffe Adrian, der um sein fünfzehntes Lebensjahr herum oft zu ihm kam, um ihn durch sein Vorlesen zu begeistern oder ihm vom »Ursprung der Welten« oder von der »Entstehung der Erde« zu erzählen, und für den der brave Mann eine grenzenlose Liebe hegte, war häufig Zeuge seiner Rührung.

Wie oft, wenn sie zusammen bei herrlichem Mondschein auf der Stätte des Unheils umherstreiften, sah Adrian ihn sein Taschentuch herausziehen und sich die Tränen abwischen! Das eingestürzte Gebälk faulte im Regenwasser, das in den Zimmern Lachen bildete. Möbelreste lagen in wüstem Durcheinander mit versengten Balken herum. Anderswo gab es nur noch Mauerstücke. Der große Stall, der unversehrt geblieben war, beschwor die wehmütige Erinnerung an das Vieh herauf, das bei zu vielen Menschen Mißgunst erregt hatte, um länger leben zu können. Wildes Zypergras, Ginster und Schierling, die ungehindert in dem einstmals schönen Hof wuchsen, erreichten Mannshöhe.

»Siehst du, Adrian«, sagte der Unglückliche mit vor Schmerz erstickter Stimme, »siehst du diesen Friedhof? Halb ist er Menschenwerk, halb ein Werk des Schicksals. Wenn ich diesen Besitz von meinem Vater geerbt hätte, würde ich mir erklären können, warum die Leute ihn mir neideten und zerstörten, obwohl sie nicht daran gehen, die Paläste der Herren in Brand zu stecken. Aber das Haus war nach zwanzigjähriger Mühsal aus dem Schweiße meines Angesichts erstanden. Es war kein Luxus, sondern etwas Notwendiges, was jeder Mann braucht, damit er und seine Frau wie Menschen leben können und nicht wie stumpfsinniges Vieh. Und man wird mir nicht vorwerfen können, jemals geizig gewesen zu sein: wer Hunger litt, fand bei mir immer etwas, ihn zu stillen, und wenn die großen Feste kamen, dachte ich an die alleinstehende Witwe inmitten ihrer Kinderschar; Eier, cozonac und ein viertel Lamm brachte ich ihr zu Ostern, ebenso wie Speck und Schweinekeule zu Weihnachten. Ich spendete keine Almosen, sondern tat meine Pflicht. Gott hatte mir's gegeben. Ich wiederum gab nun von meinem Überfluß ab und bildete mir nichts darauf ein. Dazu hatte ich kein Recht, denn ich habe andere gesehen, die mich im Wohltun übertrafen: diejenigen, die ihr Brot mit dem ersten besten Hungrigen teilten, der ihnen auf der Straße begegnete... Ebensowenig könnte man mich beschuldigen, meinen Kunden das Fell über die Ohren gezogen zu haben, um mich zu bereichern. Ich folgte dem redlichen Beispiel, das mir mein Herr gegeben hatte. Wenn mein Gewinn groß war, so deshalb, weil ich mir meinen Wein und meinen Schnaps von da holte, wo sie herkamen, und zwar zu Zeiten, wenn sie geradezu in Strömen flossen. Aber in dem Fuhrmann, der im Winter meine Tür öffnete und dem Eiszapfen am Schnurrbart hingen, habe ich immer nur einen Bruder gesehen. Ich drückte ihm die eiskalten Hände und machte ihm Platz an meinem Ofen. Für seine Tiere hatte ich ein Schutzdach gebaut, wie es zwanzig Meilen im Umkreis kein zweites gab; und für die Handvoll Heu, die ich ihnen vorwarf, wollte ich niemals Geld annehmen. Wein und Schnaps, die ich ausschenkte, waren vom Besten, und ich kann bei meinem Augenlicht schwören, daß ich niemals einen Tropfen Wasser hineingemischt habe, um sie zu strecken, wie es überall gemacht wird. Und wenn ich merkte, daß der Mann sein Maß getrunken hatte und es, von der Leidenschaft fortgerissen, überschreiten wollte, wenn ich merkte, daß er seinen Verstand vertrinken und seinem Geschäft schaden würde, goß ich ihm ein Glas auf meine Rechnung ein und riet ihm, seines Wegs zu ziehen. Oft genug war ich gezwungen, ihm den Weg zu zeigen. So war ich gewissermaßen sein Diener, denn ich blieb vom Morgendämmern bis Mitternacht auf den Beinen und erwartete ihn. Wenn aber jemand an meine Tür klopfte, nachdem ich bereits abgeschlossen hatte, dachte ich nicht daran, daß ein Übeltäter vor mir stehen könnte, erhob mich von meinem Lager und öffnete.

Aber das Beispiel rechten Tuns und Handelns ist zu nichts weiter nütze, und wenn es auf der Welt nur Undankbare gibt, bedarf das Böse bloß der Hand eines Halunken unter hundert Rechtschaffenen, um die Erde zu verwüsten. Diese Hand lauerte im Schatten, bereit, mich zu schlagen. Sie konnte mir meinen Wohlstand nicht verzeihen. Sie ertrug nicht, daß ich etwas anderes war als eine räudige Hand, gut zum Betteln oder bereit zu schlagen wie sie. Und sie schlug mich. Es war leicht: meine Frau schlief.

Oh, Adrian! Hier begegnete die verheerende Hand des boshaften Menschen der des noch weit boshafteren Schicksals, und sie vereinigten sich, um das Zerstörungswerk zu vollenden! War es ein Fehler, mich in das schönste Mädchen des Dorfes verliebt zu haben? Liebt man jemals die Häßlichste? Ich weiß es nicht. Was ich heute weiß, ist, daß ich blind war in meiner Liebe, daß ich nicht daran gedacht habe nachzusehen, ob unter ihrem Bett gefegt war, ob sie hinter den Ohren sauber war und ob sie sich die Füße gewaschen hatte. Adrian, wenn eines Tages in deiner Brust das göttliche Feuer brennen wird, das in meiner brannte, dann denk an meine Worte, und bevor du Leib und Seele der menschlichen Verderbnis preisgibst, tu, was ich nicht getan habe: guck unters Bett deiner Schönen, sieh ihr hinter die Ohren und schau dir ihre Füße an, die sie in Lackschuhen verbirgt! Und wenn du meine Worte vergißt, erinnere dich an den Friedhof, den du hier siehst; präge dir den Anblick dieser Ruinen gut ein; betrachte diese wildwuchernden Pflanzen, die gleich einem auf jene menschliche Verwahrlosung geschleuderten Fluch emporschießen; diesen Stall, der um sein Vieh trauert; diese Mauerstücke, die ihre Verzweiflung in den Himmel schreien; diese gewaltigen Haufen verrosteten und verbogenen Blechs, das einstmals wie ein Spiegel in der Sonne glitzerte. Stolz ragte dieses Dach über eine Ansammlung von Hütten empor, das Recht des Menschen verkündend, in Wohlstand und Reinlichkeit und nicht wie ein lichtscheuer Maulwurf zu leben. Erinnere dich an das Bild, das du hier siehst! Und wenn dein Blut dich dem schönsten Mädchen der Gegend zu Füßen zieht, widersteh, ruf diese Ruinen zu Hilfe und sage dir: Onkel Anghel hat sein Leben zerstört, weil er blindlings das schönste Mädchen des Dorfes liebte und nicht unter ihr Bett, hinter ihre Ohren und auf ihre Füße gesehen hat! Und halte dir das unerbittliche Schicksal fern!«

Nach dem Tod seiner Frau vernachlässigte Onkel Anghel einige Jahre lang jenes Haus ohne Hüter. Er behielt sich vor, ihm an dem Tag seinen Glanz zurückzugeben, da seine Kinder imstande sein würden, es zu führen. Er hatte

alles Wertvolle herausgeholt und um seine Schankwirtschaft herum aufgestapelt, und nun begann er ein Einsiedlerleben, wobei jedoch der Einsiedler die Gewohnheit annahm, den Schnaps zu süffeln, den er verkaufen sollte. Er war ein gutaussehender Mann, groß, stämmig und muskulös, mit stolzem Gang, schönem Bart und hübschem angegrautem Kraushaar. Er imponierte allen. Seine Kurzsichtigkeit, die ihn zwang, ganz dicht an den Eintretenden heranzugehen, wenn er ihn erkennen wollte, machte nur noch mehr Eindruck. Er war die Güte selbst, aber er konnte es nicht vertragen, daß man ihm zu heftig widersprach, wie alle, die aus eigener Kraft »hochgekommen« sind. Und er verzehnfachte seine Kräfte, um sein Ziel zu erreichen, das, wie er sagte, darin bestand, an dem Tag, da seine Kinder imstande sein würden, ihm Ehre zu machen, »die Ruinen in einen Palast zu verwandeln«. So galt er trotz seines Unglücks als reicher Mann.
Aber sein wahrer Reichtum, sein Glück und seine Hoffnung waren seine Kinder, ein Junge von siebzehn und zwei Mädchen von acht und zehn Jahren. Der Junge sollte im folgenden Jahr sein Abitur machen und dann . . .
»Dann werde ich weitersehen«, sagte er zu Adrians Mutter. »Sobald er aus der Schule kommt, wird er seinen einjährigen Militärdienst ableisten. Wenn er sich zum Soldaten berufen fühlt, würde ich gern einen Offizier aus ihm machen, einen starken, geschickten Arm zur Verteidigung des Vaterlands; wenn nicht, wird er die Laufbahn wählen, die ihm gefällt.«
Seine Töchter wollte er nur zu »guten Hausfrauen« erzie-

hen, sie mit einer Mitgift ausstatten und in der Stadt verheiraten.

Der Mensch denkt ...

An einem schrecklichen Wintertag, als er allein ist und über seine Pläne nachsinnt, während der Nordwind über die weite, unbewohnte Ebene hinfegt, betreten vier Männer seine Schankwirtschaft, vier Unbekannte. Seiner Gewohnheit nach tritt er nahe an sie heran, um sie zu mustern; aber sein Herz krampft sich zusammen, wie sich Schneckenhörner zusammenziehen, wenn sie auf eine Gefahr stoßen: die Gesichter gefallen ihm nicht. Wenn diese Männer rechtschaffene Leute sind, glaube ich meinem Herzen nicht mehr, denkt er, wobei er in seiner Tasche den Revolver umklammert, den er immer bei sich hat.

»Guten Tag, Anghel«, sagen sie, »bei dir läßt sich's aushalten!«

»Seid willkommen, Reisende! Schlechtes Wetter, was?« Aber im stillen fügt er hinzu: Ich bin geliefert. Das sind die Stimmen von Mördern.

»Wir haben Hunger, Anghel, und wir wollen trinken. Man sagt, dein Wein bringe Eis zum Schmelzen.«

»Kann schon sein, meine Freunde. Aber ich weiß, daß es ein Eis gibt, das er nicht zu schmelzen vermag.«

»Ha, ha! Du bist witzig, Anghel. Und was ist das für ein Eis?«

»Nun, ihr werdet es sicher kennen. Man nennt es das Herz eines Hundsfotts; aber das ist schlecht ausgedrückt, denn man beschimpft damit diese armen Tiere, die wahre

Freunde sind«, sagte er, wobei er auf die beiden großen Schäferhunde neben sich deutete, die keinen Schritt von ihm wichen.
»Ach was! Du hast düstere Gedanken. So schlecht ist die Welt nicht.«
»Mag sein, aber wenn man Gastwirt an der Landstraße ist wie ich, erlebt man allerhand und hält sogar nachts im Schlaf ein Auge offen.«
Diese Warnung gibt den Gästen zu verstehen, mit wem sie es zu tun haben. Speck, Brot und Wein werden ihnen vorgesetzt.
»Willst du nicht im Keller frischen Wein für uns abziehen, Anghel?« fragt einer von ihnen und tut dabei so, als könnte er kein Wässerchen trüben.
Der Onkel lacht gezwungen und denkt: Aha, ihr wollt mich in die Mausefalle locken! Und er antwortet: »Eben, vor ein paar Minuten, habe ich einen Fünfliterkrug voll abgezogen. Wenn eure Zunge sich darin auskennt, werdet ihr es am Geschmack merken.«
Das bringt ihren Plan ein wenig durcheinander, aber sie sind entschlossene Banditen. Einen Augenblick später geht einer von ihnen hinaus, »um zu pinkeln«, und der Onkel begreift, daß dies das Zeichen zum Angriff ist: der Mann soll Schmiere stehen. Er erbleicht und bereitet sich vor. Einen Augenblick lang denkt er daran, seine Waffe zu ziehen und »Hände hoch!« zu rufen. Doch er sagt sich, daß der Schein vielleicht trügt.
Ein paar Minuten später bedauert er, es nicht getan zu haben. Die Männer reden zum Schein laut über irgend-

eine Angelegenheit. Sie verlangen Streichhölzer. Jetzt ist es soweit! sagt sich der Onkel.
Festen Herzens und sicheren Schrittes geht er auf sie zu; seine Rechte umklammert die Waffe in seiner Manteltasche, und mit der Linken reicht er ihnen die Schachtel hin. Der Stämmigste von den dreien streckt langsam die Hand aus, um sie zu nehmen, spricht aber dabei zerstreut immer weiter; als er jedoch nahe daran ist, sie zu berühren, packt er mit einem Satz Anghels Handgelenk und umspannt es wie ein Schraubstock. Und wenn er auch in derselben Sekunde – von einem Schuß aus der Manteltasche seines Opfers getroffen – zu Boden stürzt, so lassen doch die anderen dem Onkel keine Zeit mehr, seine Waffe herauszuziehen. Mit ihren Knüppeln schlagen sie ihm den Schädel ein; und der arme Mann sinkt zu Boden, während die Hunde den Angreifern fürchterlich, aber vergebens die Waden zerfleischen. Sie werden niedergestreckt. Die Räuber raffen in aller Eile das Geld zusammen, das sich in der Kasse befindet, und verschwinden; ihren leblosen Kumpan lassen sie zurück.

Infolge des Schusses, der einen der Verbrecher verwundet hatte, und dank den beiden hingeopferten Hunden blieb Onkel Anghel am Leben. Die Tiere hatten die Beine der beiden anderen Banditen so übel zugerichtet, daß diese befüchteten, nicht mehr fliehen zu können.
Fuhrleute, die eine Stunde später vorbeikamen, hoben die beiden in ihrem Blut liegenden Männer auf, das Opfer mit zerschmettertem Schädel, den Banditen mit einer Kugel

im Bauch, aber beide lebten noch; sie brachten sie nach Brăila, wo sie gerettet wurden.
Nachdem der Onkel fünfzig Tage lang im Krankenhaus gelegen hatte, kehrte er nach Hause zurück; er war zwar geschwächt, aber er hatte nur Blut verloren. Ein halbes Jahr darauf sollte er etwas Kostbareres verlieren als sein Leben: seine beiden Töchter wurden ihm durch ein Bootsunglück auf der Donau genommen; bei einer Spazierfahrt waren mehrere Boote gekentert, und sie waren zusammen mit vielen anderen ertrunken.
Da sah er die unheilvolle Hand des unerbittlichen Schicksals ganz aus der Nähe. Aber dieser Mann war von seinem Schicksal dazu ausersehen, das ganze Grauen kennenzulernen, das jenes rumänische Sprichwort in sich birgt, welches sagt: Der liebe Gott lädt einem Menschen niemals so viel auf die Schultern, wie er tragen kann! Und wieviel Unglück vermag ein starker Mann doch auf seinen Schultern zu tragen!
Aus der Kirche zurückgekehrt, wo er eine Seelenmesse für die ewige Ruhe seiner beiden Töchter, die ohne Grab geblieben waren, hatte lesen lassen, schloß er sich in seiner Schankwirtschaft ein und ging mehrere Stunden lang darin auf und ab, die Hände in den Taschen.
Dann öffnete er die Tür ganz weit, trat auf die Schwelle, spuckte kräftig aus, gerade vor sich hin, als wollte er jemanden ins Gesicht treffen, und sagte: »Da hast du's, elendes Schicksal! Du beugst mich, aber ich richte mich wieder auf und spucke dir ins Gesicht. Da hast du's!« Und er spie noch einmal aus.

Nun blieb ihm nur noch sein Sohn, das letzte Flämmchen, das die Nacht in seinem Kopf, dessen sich der Schmerz und der Alkohol schon bemächtigten, erhellte. Das Schicksal blies diese Flämmchen aus ...

Elf Monate nachdem sein Sohn in ein Kavallerieregiment eingetreten war, und vierundzwanzig Stunden nach dem Eintreffen des Briefes, in dem ebendieser Sohn den Wunsch bekundete, dort zu bleiben, schloß der Unglückseligste unter den Menschen seinen Laden ab – noch war er glücklich – und stieg auf sein Pferd, um in die Stadt zu reiten; von dort wollte er sich Handwerker holen, die seinem verfallenen Besitz den alten Glanz wiedergeben sollten. Er war noch keine zweihundert Meter weit gekommen, als ein berittener Postbote ihn auf der Straße anhielt und ihm ein Telegramm aushändigte. Sein Herz warnte ihn nicht. Ruhig öffnete er das Schreiben und las: »Ihr Sohn Alexandru Anghel ist bei einem Kavallerieangriff gestürzt und starb während der ...«

Das Blatt Papier glitt ihm aus der Hand; er stieß – aufrecht in den Steigbügeln stehend – ein Gebrüll aus und fiel vom Pferd, wie eine Säule, die zu Boden stürzt.

So leerte Onkel Anghel seinen Kelch bis zur Neige.

Man hatte geglaubt, dieses Übermaß an Unglück würde sein Ende bedeuten. Dem war nicht so. Der Tod, den man für ihn als Erlösung hätte betrachten können, kam nicht, und niemand hat je erfahren, warum dieser Mann nicht Selbstmord beging.

Er brachte sich nicht um. Aber er starb allmählich dahin,

da er ohne Unterlaß Gläschen um Gläschen von seinem stärksten Branntwein ausschlürfte. Er selbst wurde sein bester Kunde.

Der fortschreitende Verfall dieses Mannes, eines liebevollen Vaters, guten Bürgers und gläubigen Menschen, ist die schauerlichste Tragödie, die der Autor dieser Zeilen je erlebt hat. Hier wird man nur von ihrem Beginn hören. Das Ende, welches so traurig ist, daß es einem das Herz zerreißt, soll anderswo Platz finden.

Anghel bat darum, daß die Trauerfeier und die Beerdigung seines verstorbenen Jungen im Heimatort stattfinden möge. Das ganze Dorf gab ihm das letzte Geleit, und als beim Hinuntersenken des Sarges die Gewehrsalven abgefeuert wurden, warfen sich alle in Tränen aufgelöst auf die Knie. Die Soldaten und Offiziere, die ihm die letzte Ehre erwiesen, weinten. Ein einziger Mensch weinte nicht: der Vater. Aufrecht, barhäuptig, den Hut in der Hand, stand er am Rand des Grabes und betrachtete den Sarg dort auf dem Grund. In diesem Augenblick löste sich ein Mann aus der Menge, warf sich ihm zu Füßen, umschlang seine Beine und rief: »Anghel! Anghel! Ich flehe dich um Verzeihung an. Ich war es, der dein Haus in Brand gesteckt hat! Verschaff dir dein Recht! Aber verzeih mir vorher!«

Anghel wandte den Kopf und betrachtete lange den Menschen, der sich zu seinen Füßen wand, sich wie auf glühenden Kohlen krümmte und dabei schrie: »Vergib mir und töte mich, wirf mich ins Gefängnis!«

»Ich verzeihe dir«, sagte er und ging. Niemand wagte, ihm zu folgen.

Zu Hause angekommen, nahm er die mit Basilienkraut umkränzte Ikone, auf der die Heilige Jungfrau mit dem Jesuskind auf dem Arm dargestellt war, sowie die Porträts des Königs, der Königin und des Erbprinzen von der Wand. Er ergriff eine Hacke, grub im Garten ein Loch, legte die Bilder auf den Grund und deckte sie mit Erde zu. Dann verschanzte er sich in seiner Schankwirtschaft und überließ sich mit Leib und Seele dem Alkohol. Ein Jahr lang – vom Tag der Beerdigung an gerechnet – wußte keiner, ob jemand in dem Haus lebte oder ob es verlassen stand. Dorfbewohner kamen vorbei, beugten vor den Fenstern mit den zugezogenen Vorhängen das Knie und gingen ihrer Wege. Nachts kam Anghel heraus, wanderte, von einem Hund begleitet, in den Ruinen seines Hauses umher und ging wieder zurück. Tagsüber trank er seine Gläschen, ohne sich zu berauschen, und betrachtete, das Kinn in die Hände gestützt, durch einen Spalt zwischen den Vorhängen die Mauerstücke seiner verbrannten Wohnstätte.

Nachdem dieses so düstere Trauerjahr verstrichen war, öffnete er die Schankwirtschaft wieder. Das heißt, er bediente den einen, den anderen nicht, ohne daß man jemals erfahren hätte, worauf sich seine Weigerung oder seine Bevorzugung gründete. Die Vorübergehenden achteten seinen Willen, denn sein Unglück war fünf Meilen im Umkreis bekannt. Übrigens ließ er keine neue Ware mehr kommen, der Keller war ja mit Wein- und Schnapsfässern vollgestopft.

Adrian und seine Mutter waren die einzigen menschlichen

Wesen, mit denen zu reden er bereit war. In dem Jahr, das der Wiedereröffnung folgte, besuchte sein Neffe ihn zweimal, Entsetzen im Herzen. Der Onkel hielt seine Tür immer verschlossen; vor sich die Flasche und ein Gläschen, neben sich den Hund – so saß er stets am Fenster und blickte hinaus. Ein erstes Pferdegespann kam vorbei; die beiden Männer, die es kutschierten, stiegen ab und klopften an die Tür. Er rührte sich nicht, und sie setzten die Fahrt fort. Dann hielt ein zweites Fuhrwerk an. Ein Mann rief, ohne abzusteigen: »Anghel! Kann man ein Glas zu trinken bekommen?« Er wurde bedient.

Als Adrian auf Befehl seiner Mutter Onkel Anghel holen ging, dachte er an diese Unglücksfälle und sagte sich: Mama irrt sich, wenn sie glaubt, ich könnte den Onkel dazu bewegen, seinen Bau zu verlassen.
Die Sache war nicht einfach. Es handelte sich nämlich nicht nur um einen Besuch, sondern um eine Aussöhnung. Die beiden Onkel hatten sich vor acht Jahren beim Tod ihrer Mutter wegen einer leidigen Erbschaftsfrage entzweit. Entgegen dem Willen seiner älteren Schwester, die sich der Teilung widersetzte, beging Onkel Anghel in der Hitze der Auseinandersetzung das Unrecht, zu sagen: »Ich will ein rundes, nettes Erbteil von meiner Mutter haben, damit ich mir einen Rosenkranz kaufen, ihn an eine Ikone hängen kann und weiß, daß er von meiner Mutter ist!« Onkel Dimi in seiner ungestümen Art antwortete ihm mit einer Beleidigung; sein Bruder ohrfeigte ihn, und der Jüngere lud die Schuld auf sich, dem Älteren mit

dem Stock einen Schlag gegen die Stirn zu versetzen. Der verließ das väterliche Haus mit den Worten: »Ich werde nicht wieder hierher zurückkehren, und du wirst mein Haus nicht mehr betreten, bis zu dem Tag, an dem du vor allen Leuten die Sohle meines Stiefels küßt!«

Seitdem waren sie verfeindet. Vor dem Todesfall, der Onkel Anghel den Gnadenstoß gab, hatte der Jüngere starrköpfig dem Flehen seiner Schwester widerstanden, die ihn beschwor, seinen Bruder um Verzeihung zu bitten. Nach diesem grausamen Tod wagte niemand mehr, Anghel einer Kleinigkeit wegen in seinem Schweigen zu stören.

Jetzt wollte Adrians Mutter die beiden Brüder durchaus versöhnen. Wenn sie den, der geschlagen worden war, zu sich rief, anstatt zu ihm zu gehen, so rechnete sie damit, daß der Schmerz seinen Stolz gemildert haben würde, und baute auf den Einfluß, den sie immer auf ihre Brüder ausgeübt hatte, besonders aber auf den Reichsten der Familie, denn seiner Bitte, einen Teil seines Besitzes von ihm anzunehmen, hatte sie eine uneigennützige Ablehnung entgegengesetzt.

Es war acht Uhr abends, als Adrian vor dem Haus seines Onkels ankam. Das südliche Fenster, das nach dem Weiler zu lag, war erhellt. Adrian dachte an den Mann hinter diesen zugezogenen Vorhängen, und ihn überlief ein Schauer. Er näherte sich dem Fenster, legte sein Ohr daran: kein Lebenszeichen, bis auf die brennende Petroleumlampe. Ungeduldig bellte Sultan. Der Hund des Onkels schlug sofort an, aber der Vorhang bewegte sich nicht.

Adrian wußte, Klopfen würde vergebens sein. Er drückte seine Nase gegen die Scheibe und sagte schüchtern: »Onkel! Ich bin's, dein Neffe Adrian, ich möchte dich sprechen.«
Nachdem er einen Augenblick gewartet hatte, wurde der Vorhang zur Seite geschoben, und der Onkel gab ihm mit der Hand ein Zeichen, zur Tür zu gehen, die er, die Lampe hochhaltend, öffnete. Adrian trat mit Sultan ein.
Beim ersten Blick, den er auf den schlecht erleuchteten Raum warf, krampfte sich sein Herz noch mehr zusammen. Traurige Dinge, ihr, um die des Menschen wunderbare Hand sich nicht mehr müht, wie seid ihr beredt! Keine Gläser mehr auf der Theke, kein Brot mehr auf dem großen Tisch, keine geräucherten Speckseiten, die einst von der Decke herabhingen wie die Enden dicker Bretter, und keine Kringel mehr, die sich früher auf der waagerechten Stange aneinanderreihten. Staub, Vernachlässigung, Verwahrlosung, Grabesruhe ...
Inmitten dieses neuen Friedhofs Onkel Anghel, den Mantel um die Schultern, noch immer groß, aber gebeugt, ach ja, gebeugt, er, der Mann, der vor kurzem noch seinen prächtigen Kopf hoch trug und die Brust reckte wie ein Löwe; mit ruhiger Miene schaute er seinen Neffen an. Der ergriff mit beiden Händen seine freie Hand und küßte sie der Sitte gemäß. Er war nahe daran zu weinen. Ohne ein Wort führte ihn der Onkel in sein Zimmer. Hier dieselbe Verwahrlosung. Die kahlen, gelblich gewordenen Wände strömten nicht mehr den guten Geruch frischen Kalks aus. Das Bett, eine wahre Bucht, ungemacht und unsauber,

schien gegen diesen vom Unglück niedergedrückten Körper aufzubegehren, der jede Nacht auf ihm lastete. Der Ziegelofen zeigte seine rauchgeschwärzten Ritzen. Rußig waren auch die Querbalken der Decke. Zwei Holzstühle, der Tisch und eine Doppelflinte, die am Riemen an einem Nagel hing, vervollständigten die Einrichtung. Auf dem Tisch die Schnapsflasche und ein Glas, die Bibel, ein kleines Notizbuch, an dem mit Bindfaden ein Bleistift befestigt war, ein Messer und ein angeschnittenes Brot. Adrian war in Tränen aufgelöst.

Der Onkel, der auf einem Stuhl saß, zog ihn an sich, und zum erstenmal seit all dem Unglück umarmte er ihn. Mit männlicher, aber gebrochener Stimme, die ihres einstigen Wohlklangs beraubt war, sagte er sanft zu ihm: »Ich freue mich, dich zu sehen, Adrian ... Aber warum weinst du?«

»Onkel ... Das ist nicht möglich! Du ißt trockenes Brot ... Und das am ersten Osterfeiertag ... Das ... Nein ... Sogar die Hunde kosten heute vom cozonac ...«

Adrian wischte sich die Tränen ab, blickte dem Onkel ins Gesicht und sah ihn gütig lächeln; es war die unerträgliche Güte eines durch den Schmerz abgetöteten Wesens. Sein Kopf war fast kahl, Bart und Haare waren vollständig weiß, Hemd und Anzug schmutzig und ohne Knöpfe. Er antwortete seinem Neffen in noch klangloserem Ton: »Wenn dich nur das zum Weinen bringt, beruhige dich und sage mir den Zweck deines Besuches.«

»Ich komme, dich zu fragen, ob du Onkel Dimi noch haßt.«

»Ich hasse niemanden mehr.«

»Könntest du ihm seine Schuld verzeihen?«
»Ich habe niemandem mehr etwas zu verzeihen.«
Der Onkel maß seinen Antworten ebensowenig Wichtigkeit bei, wie wenn er gesagt hätte: »Das Brot liegt auf dem Tisch« oder: »Es ist dunkel draußen.«
»Mama schickt mich«, entgegnete Adrian zögernd; »ich soll dich bitten, du möchtest heute abend zum Onkel kommen.«
»Deine Mutter schickt dich ...« wiederholte der arme Mann kopfschüttelnd; »deine Mutter ist eine Heilige, Adrian.«
Dann schien er einen Moment zu überlegen und fügte hinzu: »Und wie denkst du darüber?«
»Aber, Onkel, das kannst du doch erraten: ich wünsche es von ganzem Herzen.«
»Und wollen es die anderen auch?«
»Sicher, alle wollen es, Onkel.«
»Na gut, dann will ich dasselbe wie ihr.«
Wie schrecklich klang dieses »dann will ich dasselbe wie ihr« aus dem Mund mit dem tödlichen Lächeln! Welche Zerstörung der Willenskraft! Adrian bekam Angst.
Sie brachen auf, ihre Hunde begleiteten sie.

Der Priester Stefan, den Adrian im Vorbeigehen benachrichtigt hatte, war ein Achtzigjähriger, der keine Gottesdienste mehr hielt, aber als Schiedsrichter und Berater erwies er seinem Dorf noch große Dienste. Seine Augen waren ein wenig geschwächt, doch seine Beine standen denen eines jungen Mannes nicht nach. Er wohnte in

Onkel Dimis unmittelbarer Nachbarschaft. Auf der Stelle ergriff er seinen Stock, machte sich auf und klopfte an Dimis Tür.
Beim Erscheinen von Stefans Apostelgesicht, das ein elfenbeinfarbener Bart umrahmte, erhoben sich alle und küßten ihm die Hand, die er seit fünfzig Jahren den Lippen der Sünder darreichte.
»Christus ist auferstanden, meine Kinder«, sagte er mit seiner in der Kirche geübten Stimme.
»Wahrhaftig, er ist auferstanden«, antworteten alle im Chor.
Adrians Mutter bot dem Priester ihren Platz an, den er ohne Umstände einnahm, wie es ihm zukam. Sie blieb stehen, lehnte sich mit dem Rücken an die weiße Wand und faltete die Hände.
Durch den unvorhergesehenen Besuch ein wenig aus der Fassung gebracht, wandten die Anwesenden ihre Augen der ältesten Schwester zu, um von ihr eine Erklärung zu erbitten. Sie – mager, aufrecht, mit schmalem Gesicht – ließ ihre Blicke voll Güte über die Versammelten schweifen und sagte: »Ich habe Euch rufen lassen, Vater Stefan, weil ich Euch bitten wollte, mir zu helfen, heute abend meine beiden Brüder Dimi und Anghel, der hoffentlich gleich kommen wird, zu versöhnen. Wie Ihr wißt, sind es jetzt acht Jahre, daß sie einander nicht mehr die Hand geben, sich meiden und die heiligsten Feste vorübergehen lassen, ohne Brot und Wein miteinander zu teilen. Das kann man nicht dulden. Ich will in Euren Augen nicht als makellos gelten. Ich habe meine Sünden, und die schwerste ist, daß ich ein vaterloses Kind zur Welt brachte,

nachdem ich zehn Jahre lang ohne den Segen der Kirche mit einem Mann zusammengelebt hatte. Aber ich glaube, die traurigste Sünde ist der Haß, der Haß zwischen Menschen überhaupt und noch vielmehr der zwischen zwei Brüdern ...«

»Ich hasse meinen Bruder Anghel nicht mehr«, sagte Onkel Dimi mißmutig.

»Das freut mich zu hören«, versetzte der Priester, »aber du hast lange dazu gebraucht, Dimi.«

»Ja, er war ungerecht mir gegenüber ...«

»Ja, er war ungerecht dir gegenüber«, bestätigte der Diener der Gerechtigkeit, »doch du hast an ihm gefrevelt, du hast deinen älteren Bruder geschlagen und sein Blut vergossen. Du hast den heiligen Glauben unserer Väter vergessen, die sagten, wenn der jüngere seinen älteren Bruder schlägt, so müsse er ihn im Jenseits auf dem Rücken tragen, und dieses Bild glaubten sie dann im Vollmond zu sehen.«

Dimi schwieg. Seine Schwester fuhr fort: »Anghel war ungerecht, das ist wahr. Er hat nicht daran gedacht, daß unser Bruder zu Hause geblieben war und jahrelang für unsere alte Mutter gesorgt hat, während wir anderen drei Geschwister sie im Stich ließen, um unserem Geschick zu folgen. Deshalb habe ich mich der Erbteilung widersetzt, obwohl ich die Ärmste von uns vieren bin. Durch sie wäre der Jüngste mit seiner Frau und seinen beiden Kindern obdachlos geworden. Aber Anghel, der wohlhabend war, wollte ihm helfen, sich ein neues Heim zu schaffen, und hier beginnt Dimis Schuld. Er war stolz und wollte seinem

Bruder nicht zu Dank verpflichtet sein. Ich glaube gar, er haßte ihn schon. Und so schliefen Streit und Schläge in seinem Herzen wie das Feuer unter der Asche, bis sie sich wirklich schlugen. Jetzt hat der arme Anghel alle seine Sünden gebüßt; alles, was an Menschlichem in uns ist, hat ihm das Unglück genommen, und heute ist er nur noch durch seinen Körper, der sich auf Erden dahinschleppt, mit den Lebenden verbunden. Ich für mein Teil hätte es lieber gesehen, er wäre gestorben, denn was er nun tut, ist schlimmer als der Tod. Er trinkt, aber eigentlich wird er vom Alkohol aufgezehrt; er liefert ihm seine Seele aus. Seit Weihnachten bin ich nicht bei ihm gewesen, und er geht zu niemandem mehr. Einmal habe ich ihm gesagt, wenn es ihm gelänge, sein Leben zu ändern, wäre es besser für ihn, tot zu sein. Er antwortete: ›Das bin ich schon.‹ Aber ich hoffe noch, ihn mit Eurer Hilfe dem Trunk zu entreißen. Vielleicht kann Vater Stefan einen heilsamen Einfluß auf ihn ausüben. Wenn er heute abend kommt, wollen wir ihn ein wenig öfter besuchen. Daher wünsche ich sehr, daß Dimi ihn ganz demütig um Verzeihung bittet...«

In diesem Augenblick wurde die Tür ganz weit geöffnet, ohne daß jemand angeklopft hatte; in ihrem Rahmen erschien Onkel Anghel und hinter ihm Adrian. Er wollte sich geradehalten und glaubte zu lächeln. Mit seinem zerrissenen Anzug, dem zerlumpten Mantel, den er über die Schultern geworfen hatte, den vom Schlamm des Weges beschmutzten Stiefeln und seiner Schaffellmütze, die er in der Hand hielt, sah er aus wie ein betagter Bettler. Er grüßte nach alter Weise: »Einen schönen guten Abend der ehrbaren Gesellschaft!«

Sein plötzliches Erscheinen in diesem traurigen Zustand ergriff alle. Onkel Dimi und seine Schwester brachen in Tränen aus. Dimi warf sich seinem unglücklichen Bruder zu Füßen und küßte ihm die Stiefel, und die Tränen der Schwester tropften auf die Hände, die nach Alkohol rochen.

»Armer Bruder! Armer Bruder! Was ist aus dir geworden!«

Onkel Anghel hob seinen Bruder ohne jede Rührung auf und umarmte ihn und auch seine Schwester. Darauf küßte er dem Geistlichen die Hand, drückte sie den ihm Gleichaltrigen und ließ die seine von den jungen Leuten küssen.

Dann setzte er sich auf den Platz, der ihm am anderen Ende des Tisches dem Priester gegenüber angewiesen wurde. In dem Schweigen, das nun folgte, hörte man nur das Schluchzen von Bruder und Schwester, die immer noch weinten.

Sobald Anghel saß, erstarb sein Lächeln; sein Blick wurde eisig.

»Warum weint ihr?« fragte er. »Das ist zu nichts nutze.«

Da beruhigten sie sich wieder, aber niemand wagte zu reden. Der bejahrte Priester sah seinen unglücklichen Cousin, der fast ebenso gealtert war wie er selbst, unverwandt voll Verständnis an und sagte mit fester Stimme, aus der Güte klang: »Anghel, ich erlaube mir, dich daran zu erinnern, daß du am heiligen Ostertag hier eingetreten

bist, ohne den Gruß jedes guten rechtgläubigen Christen gesprochen zu haben.«
Der Angeredete verstand den Vorwurf offensichtlich nicht. Als ob er von weither käme, erkundigte er sich: »Welchen Gruß, Vater?«
Der Priester merkte, daß sich der andere wirklich keiner Schuld bewußt war, und antwortete geduldig: »Nun, unsere heiligen Worte: Christus ist auferstanden.«
Anghel senkte den Kopf, tupfte mit dem Finger eine Brotkrume auf, die vor ihm auf dem Tisch lag, hob dann die Stirn und sagte: »Ich glaube nicht, daß Christus auferstanden ist! Die Toten stehen doch nicht auf.«
»Anghel! Du lästerst! Christus ist kein Toter, sondern Gottes Sohn und Gott selbst!« begehrte der Mann der Kirche auf; noch immer war er beherrscht, aber seine Stimme zitterte ein wenig.
»Ich weiß es nicht«, sagte Anghel ohne jede Verwirrung. Bei diesen Worten zog er aus der einen Manteltasche eine Halbliterflasche hervor, aus der anderen ein Gläschen, füllte es gelassen vor aller Augen und steckte die Flasche an ihren Platz zurück. Er nippte erst ein wenig an dem Glas und spülte die Flüssigkeit im Mund hin und her, bevor er sie hinunterschluckte; dann stellte er das Glas überaus behutsam vor sich auf den Tisch, als fürchtete er, es könne umgestoßen werden.
Die Anwesenden waren bestürzt. Adrians Mutter hielt sich die Hand vor die Augen und weinte still. Anghel blieb unerschütterlich; ihm wurde nicht klar, welches Entsetzen er erregte. Unbewegt blickte er ringsum, als hätte er

etwas ganz Selbstverständliches getan. Und für ihn, der ja nun schon seit fast drei Kahren hundertmal am Tag, allein und jedem Vorwurf unerreichbar, dasselbe tat, war dieser Vorgang wirklich bereits zur Selbstverständlichkeit geworden.

»Armer Anghel!« rief der Priester aus. »Ich beklage dich. Du hast nicht nur aufgehört, Christ zu sein, sondern du bist auch kein Mensch mehr.« Statt einer Antwort nahm Anghel wieder das Glas, führte es an die Lippen und nippte von neuem daran. Dann sagte er mit verdrießlicher Miene wie zu sich selbst, und ein kaum wahrnehmbarer Seufzer begleitete seine Worte: »Ich weiß nicht, warum ihr mich habt hierher kommen lassen ...«

Da wischte sich seine Schwester, die ihm zur Rechten saß, die Tränen ab, faßte ihn bei der Hand und sprach zu ihm wie zu einem Kind: »Lieber Bruder, ich habe dich gerufen, weil wir dich zu uns zurückführen, dich lieben und Liebe in dir wecken wollen ... Liebst du das Leben nicht mehr? Liebst du denn gar nichts mehr?«

»Ob ich liebe oder nicht, das kommt auf dasselbe heraus ... Und zu bedeuten hat das nichts ... Aber warum kümmerst du dich um mich, Schwester?«

»Wie kannst du nur so fragen, Anghel! Ich bin deine älteste Schwester, und dein Unglück ist auch meins ...«

»Das ist nicht wahr. Du mußtest dein Unglück erdulden, nicht das meine, und so wird es immer sein.«

»Nein, Anghel, wir leiden durch die Bande unseres Blutes.«

»Blutsbande gibt es nicht; wenn ich mir ein Bein abhaue, fließt mein Blut, nicht deins.«

»Und doch gibt es Leiden, seelische Leiden, die uns gemeinsam sind.«
»Es gibt nichts dergleichen. Möge nie geschehen, was ich jetzt sage: aber wenn du morgen deinen Sohn verlierst, werde ich leiden, du jedoch wirst sterben.«
Die Schwester schwieg, zu ihrem Kummer von seiner Logik überzeugt, während er noch ein wenig von seinem Branntwein trank.
Der Priester griff zu dem berühmten Beispiel aus der Bibel: »Anghel, erinnere dich an Hiob! Sein Mißgeschick kam dem deinen zumindest gleich, aber er war unerschütterlich in seinem Glauben. Bedenke, daß wir Sterblichen den göttlichen Ratschluß nicht kennen. Wer weiß, ob dir unser Herrgott all dein Unglück nicht nur auferlegt hat, um dich zu prüfen und dann zu einem seiner Auserwählten zu machen!«
Anghel richtete sich auf seinem Stuhl auf, und seine Augen funkelten. Er schien dem Geistlichen antworten zu wollen, aber es verschlug ihm die Sprache. Da rief er Adrian, der in einem Winkel des Zimmers stand, und forderte ihn auf, sich zu seiner Linken, also zwischen seine beiden Onkel, zu setzen; dann sagte er, wieder etwas mehr bei Kräften: »Cousin Stefan, in euren frommen Geschichten müssen erbärmliche Lügen vorkommen. Mein Kopf ist nicht imstande, dir zu antworten (er duzte den Priester); aber dieser Junge hier, unser Neffe, der weiß mehr als wir . . .«
»Onkel«, unterbrach ihn Adrian, »heute abend möchte ich nicht in euren Streit hineingezogen werden; ich bin nicht

alt genug dazu, und meine Überzeugungen könnten Vater Stefan verletzen.«

Onkel Anghel legte ihm eine Hand auf die Schulter und beruhigte ihn.

»Mein Kind, du wirst niemanden verletzen. Wir sind ja hier unter uns – oder doch beinahe. Und es ist ja nur zu meinem Besten, wenn du von dem erzählst, was du aus deinen Büchern gelernt hast. Nur der Wahrheit lebe ich jetzt noch. Aber seit ich nun zwei Jahre recht und schlecht in der Bibel lese, werde ich immer mehr an allem irre. Wie erklärst du dir, Adrian, daß sich in diesem Buch so viele Märchen wie diese unwahrscheinliche Geschichte von Hiob neben soviel Weisheit breitmachen?«

Adrian antwortete, eingeschüchtert von dem durchdringenden Blick des Priesters: »Das kommt daher, weil sich die biblischen Gestalten einer geschichtlichen Nachprüfung entziehen. Die Bibel ist ein Buch des Glaubens, geschrieben für seine Anhänger: Sie verlangt von dir, zu glauben, nicht zu forschen.«

»Aber sag mir, ob du an einen Gott glauben kannst, der einem Vater alle seine Kinder nimmt, nur weil er Vergnügen daran findet, ihn zu prüfen? Er muß ein wahres Banditenherz haben!«

Bei diesen Worten fuhr der Geistliche auf, als hätte er sich verbrannt.

»Ich verlasse euch«, sagte er. »In einem Haus, wo Gott beleidigt wird, ist meines Bleibens nicht länger!«

»Ist das der ganze Beistand, den du einem Hiob wie mir gewährst?« fragte Anghel. »Drei Kinder hatte ich und verlor sie alle. Welches Verbrechen habe ich nur begangen, daß Gott mich derart straft?«

»Unseliger! Die Göttliche Gnade hatte dich erwählt, um dich in die Schar ihrer Märtyrer aufzunehmen, die des ewigen Lebens teilhaftig werden!«

»Deine Göttliche Gnade hätte besser daran getan, mir das irdische Leben zu lassen, das mir gefiel, anstatt einen gottlosen Säufer ohne Familie aus mir zu machen.«

»Niemand ist würdig, über Gottes Walten zu richten!«

Bei diesen Worten gab der Priester den Anwesenden seinen Segen und ging fort.

»Anghel«, warf ihm die Schwester vor, sobald ihr Cousin sie verlassen hatte, »du warst Vater Stefan gegenüber unehrerbietig, du hast vergessen, daß er Priester ist.«

»Im Gegenteil, Schwester, ich mußte mich daran erinnern, daß er Priester ist, um ihm zu sagen, daß ich dem Gerede der Pfaffen keinen Glauben schenke. Es ist ihre Schuld, wenn ich an ihren Gott nicht mehr glaube. Warum geben sie uns einen allmächtigen Baumeister der Welt, der sich jederzeit in unser Leben einmischt? Daran ist nichts Wahres. Aber irgendwo muß die Wahrheit zu finden sein. Wo? Ich weiß es nicht. Was ich weiß, ist, daß wir stumpfsinnig dahinleben, leiden und sterben, ohne zu wissen, warum und wieso. Ich habe auch eingesehen, daß unser größter Irrtum darin besteht, das Glück zu stark zu ersehnen; denn das Leben bleibt unseren Wünschen gegenüber gleichgültig: Wenn wir glücklich sind, so ist das Zufall, und wenn wir unglücklich sind, ebenfalls. Im klippenreichen

Meer des Lebens ist unser Schifflein ein Spiel der Winde, und unsere Geschicklichkeit kann nur wenigem ausweichen. Es ist nutzlos, jemanden anzuklagen oder seine Hoffnungen an etwas zu hängen: denn wir sind für das Glück oder das Unglück bestimmt, schon bevor wir den Mutterleib verlassen haben. Glücklich ist, wer am wenigsten oder wer nichts fühlt. Das bißchen, was er verlangt, gibt ihm das Leben. Unglücklich dagegen ist, wer Gefühl und Willen hat: denn niemals bekommt er genug.«
Adrian geleitete den Onkel zu seiner Klause zurück. Vor der Tür blieb Anghel stehen und sagte zu ihm, bevor sie sich trennten: »Adrian! Bald werde ich sterben, meine Eingeweide sind vom Alkohol verbrannt. Sieh mich genau an, und jedesmal, wenn du vor einem Trunkenbold ausspucken willst, erinnere dich, daß ich, dein Onkel Anghel, ein ordentlicher Mann, der das saubere Leben liebte, ein Säufer geworden bin und als Säufer sterbe – und niemand ist schuld daran.«

Onkel Anghels Tod

Infolge der vor kurzem niedergegangenen Regenfälle, wie der Frühling sie mit sich bringt, war die holprige Straße zwischen Brăila und dem Weiler Baldovineşti ganz ausgefahren, und Onkel Dimis zweispänniger Karren rumpelte fürchterlich darüber hin. Adrian, der neben seinem Onkel auf dem Bock saß, klagte über Bauchschmerzen und bat, nicht im Trab zu fahren. Zufrieden, daß sie nicht mehr zu laufen brauchten, wieherten die Pferde kräftig in der frischen Morgenluft und fielen wieder in Schritt.

In der Stille, die auf das Klirren der klapprigen Eisenteile des Fuhrwerks folgte, richtete sich Adrian auf seinem Sitz auf, schaute sich um und genoß den Anblick des schwarzen, schweigenden Landes, das jetzt – Mitte März – noch erstarrt war vom langen Winterschlaf.

Obwohl Onkel Dimi ein biederer Landmann und ein aufrichtiger und rechtschaffener Mensch war, kargte er mit seinen Worten und hatte die Angewohnheit, verstohlen um sich zu spähen. Er war neugierig, diesen sonderbaren Neffen wiederzusehen, den er bis zum siebenten Lebensjahr aufgezogen hatte und der eben erst von einer zweijährigen Reise durch Ägypten und Kleinasien zurückgekommen war, und so belauerte er ihn heimlich. Adrian bemerkte das bald und fühlte sich in seinem Vergnügen gestört.

»Onkel«, sagte er ein wenig spitz, »wenn du wissen willst,

was ich gerade mache, brauchst du dich nur umzudrehen, um mich nach Herzenslust betrachten zu können, aber tu's nicht so wie ein Detektiv. Das ist unangenehm.«

Statt zu antworten, zog der Angeredete aus seiner Tasche einen Tabaksbeutel hervor, der aus einer kleinen Schweineblase gemacht war, und begann sich gelassen eine Zigarette zu drehen. Dann bot er ihn mit ironischer Miene seinem Neffen an, der, wie er wußte, keinen starken Tabak vertrug. Adrian dankte und zündete sich eine gute ägyptische Zigarette an.

»Du bist keiner mehr von uns«, murmelte der Bauer, während er auf seinen Feuerstein schlug, um den Zunder in Brand zu stecken.

»Verzeihung, Onkel! Ich habe vergessen, dir Feuer zu geben.« Einen Augenblick später fügte er, den Blick ins Weite gerichtet, hinzu: »Das kommt daher, weil ich durch vielerlei verwirrt bin. Erst einmal meine aufregende Heimkehr, die Mama soviel Kummer bereitet hat... Dann diese schwarze Erde, die ich vergessen hatte, und schließlich der Gedanke, Onkel Anghel in dem Zustand wiederzusehen, den du mir geschildert hast... Weißt du übrigens, warum er mich zu sich ruft?«

»Keine Ahnung... Gestern abend ließ er mir durch einen Fuhrmann bestellen, er wolle dich heute morgen auf jeden Fall sehen.«

»Er hält also seine Schenke offen?«

Dimi musterte seinen Neffen verblüfft.

»Bist du denn verrückt?« brummte er leise. »Wenn ich dir sage, er liegt seit drei Jahren zu Bett und wird bei lebendigem Leibe von Würmern zerfressen, wirst du doch wohl nicht erwarten, daß er aufsteht, um Fuhrleute zu bewirten? Erstens ist er nur noch ein Skelett, und zweitens hat er alles ausgetrunken – allein ausgetrunken.«

Adrian überlief ein Schauer des Entsetzens, und er erbleichte. Sein Onkel wollte ihm Mut machen.

»Du mußt stark sein, wenn du nicht krank werden willst, sobald du ihn verlassen hast. Sicher, es stimmt nicht heiter, einen Menschen in diesem Zustand zu sehen. Er ist schlimmer dran als Hiob. Der ist, wenn man glauben darf, was Priester Stefan erzählt, von seinem Krankenlager aufgestanden, hat seine toten Kinder lebend wiedergefunden und seine gestohlenen Kühe zurückbekommen, aber Anghel wird nichts wiederfinden und nicht mehr genesen. Die Zeiten haben sich geändert seit Hiob; Gott tut keine Wunder mehr. Wahrscheinlich sind wir selbst daran schuld . . .«

»Wer pflegt ihn?« fragte Adrian, dem die Kehle wie zugeschnürt war.

»Niemand . . . Das heißt, ja, er hat einen Jungen bei sich, den du wohl nicht kennst. Seit wieviel Jahren bist du nicht mehr im Weiler gewesen?«

»Seit ungefähr sechs Jahren.«

»Nun, so laß dir erzählen, was geschehen ist. Vor etwa vier Jahren hat sich ein Kind in unser Dorf verirrt. Woher? Das weiß Gott allein. Es stottert so stark, daß es unmöglich ist, von zehn Worten auch nur eins zu verstehen. In Lumpen kam es her, den Körper mit blauen Flecken bedeckt. Man hatte Mitleid mit ihm. Gute Menschen gewährten ihm Obdach, gaben ihm zu essen und Gelegenheit, sein Brot zu verdienen. Aber Gott hat es nicht sehr gut mit ihm gemeint: der Bub war nicht einmal fähig, zwei Schafe zu hüten; er verlor sie und kehrte mit dem Stock in der Hand zurück, schreiend und gestikulierend wie ein Besessener. Niemand verstand ein Wort von seinem Kauderwelsch. So ist er durch alle Türen gegangen, und sein Hinterteil hat alle Holzschuhe zu kosten bekommen. Schließlich lag er im Straßenstaub. Anghel las ihn auf und behielt ihn bei sich. Um seine Herkunft zu erfahren, ließ er durch die Gendarmerie Nachforschungen anstellen, aber vergeblich. Jetzt geht das Gerücht um, er habe dem Jungen heimlich das vermacht, was ihm von seinem Besitz geblieben ist, wenig genug übrigens, da die Fässer leer sind und die Schenke verfallen ist. Doch der Erbe paßt zu den Fässern und der Schenke. Ebenso genügt das, was dieser kleine Diener tut, den Ansprüchen seines Herrn, und das ist vielleicht einmalig auf der Welt. Im Sommer wie im Winter ist das Kerlchen draußen, um sich die Zeit zu vertreiben und auch um neben dem lebenden Leichnam, zu dem der arme Bruder geworden ist, nicht zu ersticken. Anghel, der an sein elendes Lager gefesselt ist und dessen Körper nur noch eine einzige fühllose Wunde bildet, muß unbedingt jede Viertelstunde sein Gläschen Branntwein gereicht bekommen. Die Flasche kann er nicht mehr heben. Was hat er sich nun ausgedacht? Das Kind hält sich ja draußen auf, und Anghels Stimme ist nicht mehr laut genug, es zu rufen. Nun, er hat sich ganz einfach eine Pfeife beschafft, die denen unserer Landjäger ähnelt, und sobald ihn das Bedürfnis zu trinken überkommt, pfeift er.

Der Junge draußen ist pünktlich wie die Uhr: wenn es soweit ist, spielt er in der Nähe des offenen Fensters und spitzt die Ohren, um den Pfiff zu hören. So ist es im Sommer. Im Winter sind die Fenster vernagelt und die Ritzen verstopft; der kleine Schlingel aber ist immer noch draußen und treibt sich mit seinem Schlitten herum. Was tun? Das dauernde Rein und Raus kühlt das Zimmer aus und ist dem Diener zu dumm. Da bemerkt der Kranke eines Tages in Höhe des Fensters ein Loch in der Wand, so groß wie ein Trinkglas. Aber es bleibt ständig mit einem Strohpfropfen verschlossen, und erst wenn die Zeit gekommen ist, zieht ihn der kleine Krankenwärter von draußen heraus.

Selbstverständlich bummelt der Racker manchmal, dann ist Onkel Anghel allein mit seinem Schicksal, und er muß recht lange nach seinem Schnäpschen pfeifen. Aber er kann verzeihen. Und dann – selbst wenn er ihn ersetzen wollte, es wäre ihm nicht möglich. Dieser Eindringling ist von Gott gesandt, um einen Mann zu pflegen, dessen Leib in Fäulnis übergeht; die Krankheit meines Bruders ist dazu da, dem kleinen Landstreicher, der nicht sprechen kann, seinen Lebensunterhalt zu verschaffen.

Ich warne dich: mach dich bemerkbar, wenn du dich dem Haus näherst; versuch nicht, gegen den Willen des Kindes einzutreten, denn dieser Bursche haut zu wie ein Besessener. Er hat nämlich immer einen Knüppel bei sich, und ehe man sich's versieht, bekommt man damit eins vor die Stirn.«

Das Fuhrwerk hielt an einem Kreuzweg.

»Von hier aus kannst du zu Fuß weitergehen«, eröffnete ihm Dimi.
»Begleitest du mich denn nicht?«
»Nein, ich habe etwas zu erledigen. Und dann ist es besser, wenn du allein hingehst.«
Adrian verabschiedete sich von seinem Onkel und machte sich auf den Weg zur Schankwirtschaft Anghels, die er sich düsterer vorstellte als ein Trauerhaus.
Der Weg war morastig, bei jedem Schritt sank er darin ein wie in einem klebrigen Brei. Vor ihm und überall ringsum eine weite, trostlose, kalte und regennasse Einöde, über die ein paar weiße Hütten mit ultramarinblauen Fenstern verstreut waren. Von allen Dächern stiegen hohe Rauchsäulen auf.

Adrian war jetzt fünfundzwanzig Jahre alt. In den letzten sechs Jahren hatte er nur einige Monate in seiner Vaterstadt verbracht; die übrige Zeit war er in Bukarest gewesen (wo er sich unbesonnen der revolutionären Bewegung angeschlossen hatte), und das abenteuerliche Leben, das er im Ausland führte, hatte seiner Mutter und Onkel Anghel, der an diesem Neffen großen Anteil nahm, schließlich viel Sorgen bereitet.
Der große Trinker hatte wiederholt versucht, mit dem Vagabunden, der sich in seiner ungestümen Art mit allem befaßte, aber für nichts entschied, eine Unterredung herbeizuführen, aber nie war es ihm gelungen. Adrian erschien und verschwand wie ein Trugbild. Diesmal war er rechtzeitig gerufen worden; eines schönen Morgens hatte

ihn Dimi einfach mit dem Fuhrwerk geholt. Da war ihm nichts anderes übriggeblieben, als sich zu fügen.
Ja, er fügte sich. Aber fröhlich war ihm nicht zumute, als er den Mann mit dem entsetzlichen Schicksal besuchen ging. Seine Furcht war heftiger als damals in der Osternacht, als sich die beiden Brüder versöhnt hatten. Ihm war, als müßte er sich einem Gericht stellen, das über sein Leben ein vernichtendes Urteil fällen würde.
Er verlangt nach seinem Schnaps mit Hilfe einer Pfeife! Bei dieser Einzelheit, die ihm als der höchste Grad des Unglücks seines Onkels erschien, verweilte er.
Wie er so vor sich hin grübelte und vor allem darüber nachsann, warum der Kranke ihn durchaus sehen und mit ihm reden wollte, befand er sich plötzlich auf der anderen Seite des Weilers und nur noch hundert Schritt von dem entfernt, was man ehedem eine Schenke hatte nennen können. Da verlangsamte er seinen Gang und betrachtete, keuchend vor Aufregung, diesen Ort. Vor allem war er begierig, das merkwürdige Kind zu Gesicht zu bekommen, jenen Krankenwärter und Zerberus, der sich immer draußen aufhielt. Mit seinen kurzsichtigen Augen suchte er die Umgebung des Hauses ab. Nichts regte sich ringsum. In der Ferne, auf der Landstraße nach Galaţi, riefen Kutscher einander etwas zu, während unter dem bleifarbenen Himmel zahlreiche Raben ihre Kreise zogen, wodurch die Einsamkeit noch bedrückender wurde.

Adrian näherte sich wie ein Missetäter, wie ein Dieb. Ihm fiel auf, daß das Dach der Schenke zur Hälfte mit frischem Schilf gedeckt war. Das große Wetterdach, das einst den Tieren der Fuhrleute Schutz bot, war nicht mehr da. An seiner Stelle stand eine kleine Strohmiete, die feucht geworden und zusammengerutscht war. Das Haus war noch tiefer in den Boden eingesunken als früher; die Tür und die beiden Fenster hatten das Gleichgewicht verloren und hingen schief in den Angeln. Die Scheiben waren schmutziger als jene in dem schönen, abgebrannten Haus, die Onkel Anghel damals eingeschlagen hatte.
Hier also quält sich jetzt der Mann, der die Sauberkeit so sehr liebte, dachte Adrian.
Weil er den Jungen nirgends sah, ging er auf die Tür zu. In diesem Augenblick tauchte hinter der Miete – einen dikken Knüppel schwingend und unverständliche Worte stammelnd, die wie das Jaulen eines geprügelten Hundes klangen – der sonderbare Wächter auf. Ruhig blieb Adrian vor der recht ungewöhnlichen Erscheinung stehen. Der Knabe war in eine weite, zerlumpte Jacke gehüllt, die ihm bis zu den Knien ging; er hatte lange Storchenbeine und nackte, schmutzverkrustete Füße; mit Mühe trug er auf seinem dünnen, langgereckten Hals einen gewaltigen Kopf, der wie ein plattgedrückter Kürbis geformt war und unablässig zwischen den Schultern hin und her pendelte. Adrian konnte nur Verwunderung empfinden.
»Ich will zum Onkel hinein«, sagte er angewidert.
Statt jeder Antwort versperrte die Mißgeburt die Tür und hob den Knüppel; dann vergewisserte sie sich, daß der

Fremde nicht näher kam, öffnete und verschwand im Innern der Hütte, wo sie den Riegel vorschob.
Adrian erblickte den Strohpfropfen, mit dem das Loch im Mauerwerk zugestopft war, zog ihn heraus und legte sein Ohr an die Öffnung. Ein gellendes, tierisches Gekreisch, das kein Ende nehmen wollte, schlug ihm entgegen, aber die Stimme Anghels war nicht zu erkennen.
Endlich quietschte die Tür, und die bizarre Gestalt lud den jungen Mann mit ausgestrecktem Arm ein, näher zu treten – eine lächerliche und zugleich tragische Geste.
Adrian befand sich nun in der ehemaligen Schenke; sie war jetzt nur noch ein Schuppen für allerlei Gerät, das als Brennholz dienen sollte. Der einstmals blitzblanke eichene Schanktisch lag auseinandergenommen in einer Ecke neben Flaschen, Karaffen und Henkelgläsern. Durch einen breiten Spalt im Schilfdach sah man den Himmel. Der Keller war eingestürzt, Schimmelgeruch erfüllte den Raum. Regen und Schnee hatten den Fußboden aus festgestampfter Erde in Morast verwandelt. Von diesen stummen Dingen schien ein solcher Notschrei auszugehen, daß Adrian wie festgenagelt stehenblieb. Angesichts dieses gescheiterten Lebens erstarrte ihm das Blut in den Adern, und er sagte sich: Und dies ist erst das Vorzimmer!
Doch er überwand sein heftiges Verlangen zu fliehen und öffnete die Tür zur Kammer des Kranken.
Widerlicher Leichengestank, Dunst von Exkrementen und Urin schlug ihm entgegen. Stechend stieg ihm der Ammoniak in die Augen, so daß sie sich schlossen; ihm blieb gerade noch Zeit, einen Rücken, einen Schädel – wie eine

Eiterbeule schillernd – und einen abgezehrten Arm wahrzunehmen, der über den Rand der elenden Lagerstatt aus schmutzigen Säcken herabhing. Adrian sank vor dieser knochigen Hand in die Knie und preßte seine Stirn darauf. Die Hand war eiskalt. Der Kranke rührte sich nicht.

»Steh auf . . . Adrian . . . und ertrage meinen Anblick!« Adrian schauderte. Das war keine menschliche Stimme, nicht die männliche Stimme Anghels, sondern das näselnde Wimmern eines Kindes, das an Tuberkulose stirbt. Er erhob sich und blieb, den Hut in der Hand, demütig in der Mitte des Zimmers dem Kranken gegenüber stehen. Dieser Sieche war nicht sein Onkel Anghel, sondern ein Greis mit dem Antlitz eines mumienhaften Gespenstes, mit übergroßen, glänzenden Augen, die keine Wimpern mehr hatten und tief im Abgrund ihrer Höhlen lagen, mit einer Nase, die messerscharf war und länger geworden zu sein schien, mit vertrockneten Lippen und halboffenem Mund. Ein Kranz weißer Haare umgab den Hinterkopf von einem Ohr bis zum anderen. Der vormals krause, schwarzglänzende Bart war nur ein Gewirr rauchfarbener Wolle. Dazu kamen noch die beiden klapperdürren Arme, die in den Ärmeln einer schmutzigen Jacke baumelten. Das war alles, was unter einem Haufen von Decken, Säcken und schäbigen Mänteln hervorsah. Das war der ganze Onkel Anghel.

»Setz dich . . . hierher . . . auf den Stuhl! Ekelst du dich?« »Nein, Onkel, ich bin nur unglücklich, dich in diesem Zustand zu sehen.«

»Du bist unglücklich ... Warum? Ich bin es nicht.«
»Du mußt doch fürchterlich leiden!«
»Laß dich eines Besseren belehren, Adrian ... Ich leide nicht mehr. Nur mein Kopf lebt noch; das übrige spüre ich nicht mehr. Es ist aus mit dem übrigen. Aber der Kopf! Was für ein wunderbares Ding!« Er schwieg einen Moment und fügte dann, den Blick fest auf seinen Neffen gerichtet, mit Überzeugung hinzu: »Vor drei Tagen lag ich im Sterben ... weil ich nichts mehr zu denken hatte. Da kam abends Irimio, um mir zu sagen, daß du wieder hier seist ... Und daraufhin habe ich mich geduldet, weil ich auf dich wartete.«
»Onkel! Was sagst du da? Man kann den Tod nicht aufhalten, wenn er kommt; er kommt nicht, wann man will. Und Selbstmord wolltest du doch nicht begehen?«
»Ja«, stimmte Onkel Anghel gutmütig zu, »ja, auch ich kenne dieses Naturgesetz. Aber, sag mal Adrian – du weißt ja viele schöne Dinge aus deinen Büchern –, bist du sicher, daß die Menschheit schon ausgelernt hat?«
»Oh, nein!« antwortete Adrian. »Wir müssen noch so manches lernen!«
»Sehr gut ... Dann zähle diese Erfahrung deines Onkels Anghel mit dazu: das Denken ist ebenso stark wie der Tod. Es vermag ihn zwar nicht abzuschaffen, aber es kann ihm ein Schnippchen schlagen.«
Der junge Mann glaubte, der Kranke phantasiere; aus Ehrerbietung hörte er ihm zu. Er verfolgte mit dem Blick das Marmorgeäder der Narben, die den kahlen Schädel kreuz und quer durchzogen und die von dem schreckli-

chen Mordanschlag herrührten, bei dem man ihn in seiner eigenen Schankwirtschaft niedergeknüppelt hatte. »Du betrachtest diesen zerschlagenen Kopf«, sagte Anghel. »Gewiß, ein Mensch, der sich nicht auf sein Denkvermögen verlassen kann, hätte an meiner Stelle schon zweimal Grund zum Sterben gehabt, weil man stirbt, sobald das Denken aufhört. Wenn der Untergang naht, widersetzt sich ein starker Geist, er kämpft, beginnt mit dem Tod zu ringen und schiebt unter Umständen das Ende für einen Augenblick hinaus, er verzögert es. So war ich mir an jenem Tag, als ich so viel Blut verlor, bewußt, daß mich sogleich mit unwiderstehlicher Gewalt eine Ohnmacht zu umfangen und in tiefe Bewußtlosigkeit zu tauchen drohte. Obwohl ich anscheinend besinnungslos war, hielt mein Kopf stand; ich hörte alles, was die Wundärzte sagten, nicht eine einzige Minute lang ließ ich mich vom Nichts überwältigen. Es hätte ja für ewig sein können! Unablässig dachte ich ans Leben.«

Anghel hielt einen Moment inne, um Atem zu schöpfen. Adrian hatte den Eindruck, sich vor einem jener einbalsamierten Pharaonen aus dem Kairoer Bulac-Museum zu befinden, die mit ihren weit aufgerissenen Augen nicht mehr blinzeln konnten. Die bewegliche, ausgetrocknete, transparente Gesichtshaut ließ alle Knochen durchscheinen, auf denen sie hin und her glitt wie ein dünnes Blatt Pergament, das bei jeder Bewegung zu zerreißen drohte. Und nun hob sich langsam die Hand, die solange auf der Wandseite versteckt gelegen hatte, und führte eine mit

Bindfaden am kleinen Finger befestigte Zinnpfeife an den Mund. Feierlich stieß Onkel Anghel mehrere kurze Pfiffe aus. Die Luft kam – es war deutlich zu sehen – nicht aus der Lunge, sondern einfach aus dem Mund. Dann sank der Arm wieder auf den Sack herab, der die Brust bedeckte. Die weit geöffneten, unheimlich wirkenden Augen starrten Adrian so durchdringend an, als wollten sie ihn an der Wand festnageln.

»Onkel«, fragte Adrian da und stand auf, »,möchtest du irgend etwas?«

»Bleib wo du bist! Du würdest mich nicht zu bedienen verstehen.«

In diesem Augenblick öffnete sich die Tür der Schenke, als hätte sie der Wind aufgestoßen, und der ungestüme Wärter stürzte ins Zimmer. Herr und Diener sahen sich einige Sekunden an; dann nahm der Diener eine Schnapsflasche, die am Fuße des Bettes stand, füllte ein Gläschen und flößte den Inhalt dem Kranken ein. Als er damit fertig war, verschwand er.

Stumm hatte Adrian dieser Szene beigewohnt. Nun erwartete er von seinem Onkel eine Erklärung. Der aber nahm gelassen seinen Gedanken wieder auf: »Ich merke, daß du meinen Behauptungen keinen Glauben schenkst und nur mir zu Gefallen nicht widersprichst. Das kränkt mich nicht, denn was man nicht selbst erlebt hat, ist schwer zu verstehen. So höre denn ... Seit drei Jahren habe ich diese elende Lagerstatt nicht mehr verlassen. Drei Winter, drei Lenze und ebenso viele Sommer und Herbste liege ich nun schon auf dem Rücken und betrachte die geschwärzte Decke. Und in dieser Zeit habe ich am stärksten empfunden, daß ich lebe. Seit einem Jahr esse und schlafe ich kaum, seit einem halben gar nicht mehr: keine Krume Brot, keine Sekunde Schlaf. Aber ich trinke. Ich trinke diesen Branntwein da. Am Tag gießt ihn mir das Kind in die Kehle, wie du es eben beobachten konntest. Und nachts sauge ich, um nicht zugrunde zu gehen und auch um das arme Geschöpf nicht aufzuwecken, an dem Schwamm, den du dort auf dem Tisch siehst und der mit Schnaps getränkt wird. Morgens ist er trocken, ausgedörrt von meinen Lippen.«

Adrian bedeckte sein Gesicht mit den Händen.

»Onkel!« schrie er auf. »Was für ein schreckliches Dasein!«

»Schrecklich, sagst du, Neffe? Schrecklich? Vielleicht ... Aber es ist logisch, es stimmt mit meinem Schicksal überein ... Ich habe das vollkommene Glück gewollt, ein bequemes Glück, die Befriedigung des eitlen, hoffärtigen Fleisches ... Und um dieses Glück zu erlangen, habe ich mich gierig abgerackert ... Zwanzig Jahre Kampf, um eine schöne Frau zu erringen, die beim Essen einschläft, um ein anspruchsvolles Haus bauen zu können, das wie Stroh verbrennt, um Vieh zu erwerben, das verschwindet, um Kinder zu haben, die sterben, um Gold zu scheffeln, das einem Knüppelhiebe einbringt, um ein reines Hemd zu besitzen, das am nächsten Tag schmutzig ist. All das für diesen Leib, der sich von meinem Kopf gelöst hat und mir ebenso fremd geworden ist wie die Säcke, die ihn bedekken, für diesen Körper, der jetzt verfault und nichts weiter ist als Aas! Ein Menschenleben, ein Vierteljahrhundert lang war ich der Sklave dieses Kadavers, den ich von Raben zerfleischt sehen möchte, so wie ihn nun die Würmer zerfressen, und auch nicht einen Augenblick lang kam mir zum Bewußtsein, daß ich einen Kopf habe, ein Hirn, ein Licht, dem Fäulnis und Würmer nichts anhaben können...«

Durch die Anstrengung dem Ersticken nahe, schwieg der Kranke lange Zeit. Adrian, der seinen Blick kaum ertragen konnte, fragte sich, ob der Onkel ihm einen Vorwurf machen wolle. Und so war es auch.

»Adrian! Ich habe dich rufen lassen, um dir zu sagen, daß ich mit dir unzufrieden bin!«

Unter dem Peitschenhieb dieses Tadels zuckte der junge Mann zusammen.

»Unzufrieden mit mir? Und warum, Onkel?«

»Weil du ein Genußmensch bist! Weil du deine Erkenntnisse und meine Worte von einst vergißt! Tausenden und aber Tausenden gewöhnlichen Sterblichen wie mir ist das erlaubt, aber dir nicht, Adrian, hörst du? Dir, der du schon in frühester Kindheit so gebildet warst, ist es nicht gestattet. Erinnerst du dich, wie du mit fünfzehn Jahren – in einem Alter, in dem man sich gewöhnlich damit vergnügt, Drachen steigen zu lassen – Onkel Anghel in seiner sauberen, gastlichen Schenke besuchtest, um ihm etwas über Astronomie zu erzählen und dich bewundern zu lassen? Entsinnst du dich, mit welch ehrlicher Begeisterung wir alle – ich und meine braven Fuhrleute – an deinen Lippen hingen, von denen himmlische Weisheit strömte? Oh!

Diese vergangenen Zeiten! Ich sehe sie vor mir, als wäre das alles erst gestern gewesen. Draußen Schnee und Nordwind ... In der Schankstube wohltuende Wärme, schwatzende Arbeiter, Lebenslust ... Ohne abzuwiegen, zu rechnen und zu knausern, schnitt ich Scheiben vom Räucherspeck ab, und wenn ich Wein einschenkte, führte mir das Herz großzügig die Hand ... Es wurde gegessen und getrunken, man lobte Gott und hörte dir zu, dir, der du das Gebäude seiner Schöpfung zum Einsturz brachtest, die Welten vervielfachtest, die Sterne nach ihrer Größe maßest und dich über die Torheit der Popen lustig machtest ... Haha! ... Das gefiel mir! Und auch den Fuhrleuten behagte es sehr. Jemand rief aus: ›Wer ist dieser Junge, der redet wie ein Buch?‹ – ›Na, das ist doch mein Neffe, zum Donnerwetter noch mal!‹ antwortete ich, stolz auf dich und auf mich, der ich nichts wußte. ›Er ist der einzige Sohn meiner ältesten Schwester, einer Heißblütigen, die mit zwanzig Jahren nicht ihresgleichen hatte!‹
Und ich ergriff den dickbauchigen Zehnliterkrug und füllte aus eigenem Antrieb die Becher aus gebranntem Ton, die unter Trockenheit litten wie das von der Junisonne ausgedörrte Land.
Aber halt! Fort, fort von mir, ihr gräßlichen Erinnerungen! Adrian, mein Neffe, du mußt mich anhören, du schuldest mir Gehorsam! Nichts, nichts darfst du von einem Leben erwarten, das den Menschen aufreibt, seinen Körper zerrüttet und ihn seinen Kopf vergessen läßt. Was soll diese schändliche Zügellosigkeit, der du dich überläßt! Dieser Anzug nach Maß! Dieser angeberische steife Kragen! Diese

blendendweißen Manschetten! Wie denn? Braucht ein junger Mann, der den göttlichen Funken in sich weiß und das Unglück seines Onkels Anghel kennt, diesen Flitterkram?«

Respektvoll senkte Adrian den Kopf. Hieb- und stichfeste Argumente lagen ihm auf der Zunge, aber ihm fehlte der Mut zu einer Antwort. Während er sich schweigend über die Strenge seines Onkels wunderte, führte dieser die Pfeife an seine leichenblassen Lippen und setzte geduldig und langsam dazu an, mit kurzen Atemstößen seinen Irrwisch von Diener herbeizurufen, der auch sofort kam, das Glas füllte und seinem Herrn den Inhalt in den Mund schüttete wie in ein Loch, worauf er, mit Kopf und Händen gestikulierend, wieder davonlief.
»Vor drei Jahren«, hub Anghel wieder an, »ist mir eine anstößige Geschichte zu Ohren gekommen. Du hattest dich damals ein paar ausschweifenden jungen Leuten angeschlossen, die deiner unwürdig waren, denn du bist ein gebildeter Mensch. Eines Abends warst du auf einem öffentlichen Ball in Brăila, wo du einem jungen Ding den Kopf verdrehtest. In derselben Nacht noch hast du mit ihr geschlafen. Am andern Morgen ließest du sie im Stich und verduftetest nach Bukarest. Vierzehn Tage später wurdest du von der Polizei dem Untersuchungsrichter vorgeführt. Schließlich hast du einen Monat darauf die schimpfliche Strafe von zwei Wochen Gefängnis wegen ›Entführung einer Minderjährigen‹ verbüßt.«
Adrian errötete bis hinter die Ohren. »Ich habe nichts

›entführt‹, Onkel. Die Minderjährige ist freiwillig in den Wagen gestiegen; und das war nicht ihr erster Versuch. Das Opfer dieser Farce bin ich gewesen . . . Sonst hätte ich nach dem Gesetz drei Jahre Gefängnis absitzen müssen.«

»Kann sein . . . Aber wußtest du denn nicht, daß eine Unmündige keinen ›eigenen Willen‹ hat und unter der Vormundschaft ihrer Eltern steht?«

»Man erbittet das Mädchen, mit dem man schlafen will, nicht von seinen Eltern.«

»Einverstanden! Doch man schläft auch nicht mit Mädchen, die einen am anderen Morgen ins Gefängnis schikken.« Der Onkel erwartete eine Antwort. Da Adrian schwieg, fuhr er fort: »Aber nicht nur das habe ich dir vorzuwerfen. Ich weiß, daß deine Mutter infolge dieses Abenteuers vor Scham schwerkrank geworden ist. Die Eltern des Mädchens kamen und verlangten, daß du es heiratest. Und während du in Bukarest herumspaziertest, zog das ganze Stadtviertel über die Mutter eines solchen Wüstlings her. Darum kümmertest du dich wenig, so wenig, daß du deine Mutter in deinen Briefen um Geld betteltest, als du im Elend warst. Kaum genesen, mußte sie sich an ihren Waschzubern abrackern, um ein paar Pfennige zusammenzukratzen, damit sie dir in deiner Not zu Hilfe kommen konnte . . . Wenn du das Sohnesliebe nennst, alle Achtung! Aber das ist noch nicht alles, du sollst sehen, wie gut ich unterrichtet bin . . . Deine Verhaftung zwang deine Mutter, ihre Siebensachen zu packen und mitten im Winter in eine andere Wohnung zu ziehen, deren Miete viel höher war. Als du schließlich aus dem

Gefängnis entlassen wurdest, hast du dich gleich wieder aus dem Staube gemacht, hast dich der Arbeiterbewegung angeschlossen und bist wie ein Pferdedieb festgenommen und geprügelt worden. Die Folgen davon: ein Monat Aufenthalt im Sanatorium und eine zerrüttete Gesundheit, die du zum Vorwand für eine Erholungsreise nach Ägypten nahmst, wo du vor Hunger fast krepiert bist und dich deiner Mutter erinnert hast. Ach, Adrian, woran fehlt es dir mehr, an Herz oder an Verstand? Damals hat mich meine arme Schwester aufgesucht ... Abgezehrt und entkräftet kam sie, mich zum erstenmal in ihrem Leben um Geld zu bitten, das sie ihrem Sohn schicken wollte ... Ich hatte Mitleid, nicht mir dir, sondern mit ihr, dieser Märtyrerin, und stellte ihr meine Börse zur Verfügung.«

Adrian brach in Schluchzen aus, warf sich vor dem stinkenden Bett in den Staub, ergriff die knochige, kalte Hand seines Onkels und küßte sie wie rasend.
»Verzeih! Verzeih mir! Ich bin ein Schuft!«
»Du bereust. Das ist sehr gut; denn Reue führt zur Besserung. Trachte danach, dich zu bessern, und ich vergebe dir auf der Stelle; du sollst wieder mein Adrian sein, mein Neffe, Anghels kluger Junge, der seinen Onkel hier auf diesem elenden Lager sieht, nur weil er eine zu schöne Frau, ein zu blühendes Haus und ein zu reines Hemd begehrt hat. Aber lassen wir das!«
»Was soll ich tun, Onkel?« stammelte der junge Mann, während er sich die Tränen abwischte und sich wieder auf seinen Platz setzte.

Anghel erhob mühsam seinen knochigen Arm, als wollte er einen Fluch ausstoßen.
»Dich von allem, was den Sinnen schmeichelt, abkehren, die eitlen Begierden bezwingen, die Stimme des Fleisches, das der Fäulnis verfällt, zum Schweigen bringen und dich mit ganzer Seele dem Studium des Geistes widmen, der in Not und Bedrängnis unser einziger Halt ist. Das ist alles, was ich dir zu sagen habe . . .«
»Aber Onkel«, wagte Adrian einzuwenden, »du verabscheust heute alles, was du gestern geliebt hast.«
»Ganz richtig, denn was ich gestern liebte, hat aus mir das gemacht, was du heute siehst.«
»Und doch hat man gern, was Vergnügen bereitet: eine schöne Frau, ein blühendes Haus und ein reines Hemd. Unsere Leidenschaften fordern alle diese Dinge, und unsere Sinne verlangen danach.«
»Dem Anschein nach ist das wahr, Adrian! Aber nur dem Anschein nach! Der Aufruhr unserer Leidenschaften und Sinne steht in keinem Verhältnis zu ihrem Vermögen, uns glücklich zu machen.«
»Es ist der Aufruhr unseres Herzens!«
»Unser Herz ist ein Missetäter!« schrie der Sterbende mit letzter Anstrengung, die ihn völlig erschöpfte. Seine Stimme hatte nichts Menschliches mehr; sie war nur noch ein näselndes Zischen. Ein langes Schweigen folgte auf diesen Satz. Die Arme und der Kopf, den Anghel zur Wand gedreht hatte, erstarrten in Bewegungslosigkeit. Adrian glaubte, daß der Onkel im nächsten Augenblick sein Leben aushauchen würde.

Nein. Noch dachte Anghel. Er wandte sich Adrian wieder zu und musterte ihn mit seinen Schreckensaugen, die besser als Worte den tragischen Kampf in seinem Hirn auszudrücken vermochten. Dann pfiff er laut, ohne Adrian aus den Augen zu lassen, laut und eindringlich, wie um seinem Neffen zu beweisen, daß er den Tod zum besten hielt.
Der Junge kam im Galopp herbei; gierig schluckte der Onkel seine Ration, leckte sich die bleichen Lippen und lächelte ob seines Sieges über das Nichts ...

»Unser Herz? Beweinen wir diesen faustgroßen Fleischklumpen, Adrian, der nicht aufhört zu klopfen, diese Rübe, diesen fleischigen Erdapfel! Beweinen wir unser Herz, das in sich die Ewigkeit trägt und von der ewigen Bewegung erfaßt wird, sobald die Wärme des Mutterleibes es umgibt, wenn es auch in diesem Stadium zweifellos noch nicht größer ist als ein Stecknadelkopf; es wächst und schlägt, erregt sich, freut sich, leidet und schlägt ohne Unterlaß vom Augenblick seiner Erschaffung bis zu seinem Tod. Nun denn, seien wir gerecht gegenüber diesem armen Missetäter! Er verursacht uns freilich genug Pein, aber er tut es aus Edelmut. Ah! Da sind sie wieder, die Erinnerungen ... Diese verfluchten Erinnerungen! Sei's drum ... Laß uns noch einmal ein Stück dieser schrecklichen Vergangenheit durchleben.

Wenn die Quelle meiner Tränen nicht versiegt wäre, würde ich den Mann beweinen, der ich vor zwanzig Jahren

war ... Zu jener Zeit erklomm ich den Gipfel meines Glücks, und heißblütig wie ich war, durchlebte ich hundert Leben zugleich. Nichts von dem was um mich herum geschah, war mir fremd, sei es Freude oder Leid. Gab es ein Gelage oder einen Streit – Onkel Anghel war immer dabei. Ich trank das erste und das letzte Glas Wein, und ich war es auch, der beim Raufen am längsten aushielt! Denn – beim Allmächtigen! es tut gut, beim Gluckern des ›Blutes Christi‹, das durch unseren ›Feuerschlot‹ hinabrinnt, seine Schläfen knacken zu hören, ebenso gut, wie dem Spötter, der einem ins Gesicht lacht, die Rippen einzuschlagen. Und man weiß ja, daß sich bei unseren Festen oft genug das ›Blut Christi‹ mit dem der Sterblichen vermischt.
So war es auch bei dem Weihnachtsfest, von dem ich dir erzählen will.
Du wirst dich übrigens sicher noch ein wenig daran erinnern, denn du warst damals schon sechs Jahre alt und wurdest mit in den Zank hineingezogen.

Ach ja, unsere großen kirchlichen Festtage von einst ... Ohne Frage, der Mensch ist ein erbärmliches Vieh ... Die Zeit nimmt ihn mit, ändert seine Gefühle und verdirbt sein Herz, und zwar viel leichter, als das bei den Tieren der Fall ist, die sich gleich bleiben, den Jahren zum Trotz.
Wenn man die prächtigen Kerle aus meiner Jugendzeit mit den Jammerlappen von heute vergleicht, könnte man sie mit Recht Löwen nennen! Es gab auch Schwache, aber niemand kümmerte sich um sie, ihr Dasein zählte nicht. Wenn in einer Schenke von Petroi, Cazasu oder Nazîru

jemand den Namen unseres Weilers aussprach, dachten die Anwesenden sofort an einige Männer: zuerst an Irimio, den Tapfersten der Tapferen; dann ... wahrhaftig, ja, dann an Anghel ... Und danach an Neculai, meinen Freund, an Vladimir, an Costa den Langen und viele, viele andere, weniger bekannte, die alle zusammen – bei der Arbeit wie beim Gelage, beim Scherzen wie beim Raufen – eine unbesiegbare Phalanx bildeten. Heute ...
Ah, Adrian! Spuck du für mich aus, denn ich kann es nicht mehr! Heute gibt es nur noch Zwerge, die vor ihrem eigenen Schatten erschrecken und sich von Weibern schlagen lassen!
Am Vorabend jenes lustigen und zugleich dramatischen Weihnachtsfestes ließ ich ein Hundertliterfaß voll Wein, sechs fette Kapaune und ebenso viele kleine Spanferkel, die zum Sauerkraut gebraten werden, in mein Vaterhaus bringen.
Du bist sicher der Ansicht, das sei zuviel gewesen für das Dutzend Mäuler, das sich bei Tisch zusammenfinden sollte. Vielleicht für die Schwachmatiker deiner Zeit, die sich nach dem dritten Happen Braten ekeln und sich an einem halben Glas Wein berauschen. Für uns dagegen ... Eine Kleinigkeit!
Ich sehe Vetter Stefan, den Priester, der die Bibel und die vier Evangelien in- und auswendig kannte, noch vor mir – letztes Jahr ist er gestorben ... Sechzig Jahre hatte er damals auf dem Buckel, aber er konnte beißen wie ein Schimpanse und war mannhaft wie ein Hahn. Die ›Priesterin‹, seine Frau – eine Stute mit starken Hüften, deren

Gesicht einer Pfingstrose glich –, ging mit dem achtzehnten Kind schwanger; die anderen siebzehn waren alle am Leben und gesund. Oh! Wie die Kauwerkzeuge dieses ›göttlichen‹ Paares gleich nach dem kurzen Segen, der, den Umständen entsprechend, rasch erteilt wurde, weil dem Geistlichen schon das Wasser im Mund zusammenlief, zu arbeiten begannen! Das muß man gesehen haben! Die Kinnladen des Popen zerstampften, zermalmten die Keulen, Knochen und Knorpel, als hätten sie es mit Sonnenblumenkernen zu tun, und sein ehrwürdiger Bart bewegte sich dabei auf seiner Brust wie ein mahlender Mühlstein.

Dem Priester zur Seite saß meine Mutter – des heiligen Tages eingedenk und fromm bis in die Fingerspitzen – und kämpfte heldenmütig mit den Klößchen aus gehacktem Fleisch und Reis. Mein jähzorniger, hitziger Bruder Dimi suchte sich geschickt die besten Stücke aus. Irimio stopfte alles in sich hinein, ohne auszuwählen und zu kauen, während Costa der Lange – so genannt wegen der Länge seiner Gliedmaßen und seiner Ausdauer beim Reden – mit seinen endlosen Armen auf dem ganzen Tisch herumfuhr, alles an sich raffte, wenig sagte, dafür aber die anderen zum Sprechen brachte, um ihnen ›den Mund mit Luft zu füllen‹.

›Ist es erlaubt, ein Vielfraß zu sein, Vater Stefan?‹

›Jaja, mein Sohn, 's ist erlaubt.‹

›Ist denn das keine Sünde?‹

›Sünde ist nicht, was zum Munde ein-, sondern was davon ausgehet.‹

›Erzählt uns eine Episode vom großen Abendmahl!‹
›Gleich . . .‹
Und wieder hörte man nur das rhythmische Geräusch der sich heftig bewegenden Kinnladen, das ebenso an die Fütterstunde im Schweinestall erinnerte wie die gewaltigen Rülpse aus den vollgepfropften Bäuchen, die die beiden Bankreihen von einem Ende des Tisches bis zum anderen erschütterten.
Sieben Männer und sechs Frauen saßen auf den zwölf Plätzen zu beiden Seiten des rechteckigen Tisches. Oben an der Schmalseite saß, mit dem Gesicht gen Sonnenaufgang, Priester Stefan, der mit seinem Riesenwuchs alle Anwesenden überragte. Wir waren ganz bekümmert, als wir feststellten, daß wir dreizehn Personen waren, weil das ja die Teufelszahl ist, trösteten uns aber, indem wir den Zwerg, der einschenkte, ein munteres und witziges altes Männchen, das mit Mühe den mächtigen Zehnliterkrug aus gebranntem Ton um den Tisch herumtrug, in unsere Gesellschaft aufnahmen.
Als die Mäuler schließlich alles aufgefuttert hatten, stand allen der Sinn nach Vergnügen, und unsere durstigen Kehlen ließen uns nach den Karaffen greifen. Schäumender Wein floß in Strömen, und dabei hagelte es nur so von Anekdoten. Dann nahm Dimi die lange Hirtenschalmei in seine wunderbaren Finger, und da war auch schon die ganze Gesellschaft einschließlich des Priesters auf den Beinen. Ein mitreißender, toller Tanz um den mit Krügen und Geschirr beladenen Tisch begann, die Schreie und Hopser ließen das ganze Haus erzittern. Schließlich bra-

chen der Geistliche und seine Frau mit schweißüberströmten Gesichtern auf, weil sie uns ein Beispiel von Mäßigkeit geben wollten. Und um diesem Beispiel zu folgen, stürzten wir uns aufs neue ins Vergnügen!

Aber für mich ging es an jenem Abend nicht nur darum, zu schlemmen. Etwas sehr Wichtiges sollte geschehen, und niemand übersah die Bedeutung dieser Angelegenheit. Sie erhitzte im Gegenteil noch die Gemüter der anwesenden Männer und teilte sie in zwei fast gleichstarke Parteien. Es handelte sich darum, deine Mutter wieder zu verheiraten; ich hatte dabei meinen Freund Neculai, der anwesend war, im Auge, einen verwitweten, kinderlosen Bauern mit beträchtlichem Vermögen. Irimio und Costa waren gekommen, um seine Werbung zu unterstützen und mir beizustehen. Doch deine Mutter war nicht ganz unbefangen. Seit langem schon hatte mein Bruder Dimi, der damals eine richtige Kanaille war, in aller Heimlichkeit seinem Günstling, auch einem Neculai, den Platz des meinen eingeräumt. Er war übrigens ein sehr sympathischer Mensch, ein Fischhändler aus Brăila, der viel verdiente und sorgenfrei lebte. Außer Dimi befürwortete seine Werbung noch unser Cousin Tudor, den wir alle wegen seines ungestümen Temperaments und seiner herkulischen Kräfte fürchteten. Er stand zu seinem Neculai wie zu einem Bruder.
Da saßen wir uns nun am Tisch als entschlossene Rivalen gegenüber, vier waren auf meiner Seite, drei auf der anderen, aber Tudor zählte ohne weiteres für zwei der Stärk-

sten. Deine Mutter saß auf der Seite der Gegner, aber inwieweit sie Zuneigung für den Neculai der anderen empfand und diesem Mann gegenüber verpflichtet war, das kann ich nicht sagen. Fest stand jedoch, daß sie in ihrem schweren Leben verschiedene von den Geschenken hatte annehmen müssen, die ihr der Fischhändler ohne Unterlaß freigebig anbot.

Und was für ein wunderliches Geschöpf war doch meine arme Schwester! Mir ihren dreißig Jahren war sie so schön wie eine junge Braut; sie war fröhlich, von angenehmer Gemütsart und sang und tanzte mit viel Talent, aber sie wurde fuchsteufelswild und vergiftete die lustige Gesellschaft, sobald man an ihre Unabhängigkeit rührte, sobald man sie verheiraten wollte. Und all das deinetwegen. Der Gedanke, ihr zweiter Mann könnte brutal zu dir sein, machte sie wild wie eine Tigerin. Durch dich konnte man sie gewinnen oder verlieren, und du warst an jenem Abend auch der Stein des Anstoßes.

Mein Freund Neculai hatte dich gern und kam oft zu uns, um mit dir zu spielen. Ihr wart Kameraden, und damit hatten wir einen wichtigen Trumpf in der Hand. An jenem Weihnachtsabend wurde Neculai nicht müde, dich, der du in deinem Bett lagst und je nach der Stärke des Radaus einschliefst oder wieder aufwachtest, mit Bonbons zu füttern. Das gefiel deiner Mutter; der andere aber wurde eifersüchtig, und er wußte nicht, wie er diesem Spiel ein Ende machen sollte. Schließlich zog er ein Goldstück aus der Tasche, warf es dir zu und sagte: ›Da, Adrian, davon kannst du dir zehn Kilo Bonbons kaufen.‹

›Ja, aber sie werden nach Fisch riechen!‹ gab mein Freund zurück, indem er auf den von allen jungen Mädchen verabscheuten Beruf anspielte.
›Das ist immer noch besser, als nach Misthaufen zu stinken!‹ versetzte der andere anzüglich.
Diese spitzen, giftigen Worte fielen gegen Mitternacht, als nur noch der Wein für unsere Reden verantwortlich zu machen war. Rasch geriet Tudor in Harnisch. Am gefährlichsten aber war, daß er überhaupt keinen Rausch hatte. Um mir über seinen Zustand Klarheit zu verschaffen, stellte ich ihm geschickt ein Bein, als er zum Pinkeln hinausging: er fiel nicht hin.«

Anghel bekam kaum noch Luft. Das Erzählen strengte ihn an. Jäh verstummte er. Sein Gesicht war ausdruckslos, zeigte weder Erregung noch Ermüdung. Immer die gleiche Starrheit, dieselben schrecklich weit geöffneten Augen. Und wieder pfiff er den Wasserkopf herbei und ließ sich einen Schnaps einflößen. Dann hub er mit etwas frischer klingender Stimme von neuem an: »Wenn ich heute nachsinne, wenn ich bedenke, was für ein seltsam Ding doch das von Leidenschaften bewegte menschliche Leben ist, frage ich mich, ob wir nicht vielleicht die reinsten Hampelmänner sind, die Opfer eines Dämons, der an den Fäden zieht und uns zu seinem Vergnügen tanzen läßt. Denn wären wir an jenem Abend vernünftige Menschen gewesen, hätten wir sehr schnell erkannt, daß deine Mutter ebensoviel Lust zum Heiraten hatte wie dazu, sich aufzuhängen. Aber der Wein und das Ungestüm unserer Herzen ließen uns darüber hinwegsehen, ein Wort gab das andere, und bald war zu spüren, daß es uns nicht mehr darum ging, jemanden unter die Haube zu bringen, sondern nur noch darum, wie Besessene aufeinander einzudreschen.

Deine Mutter – eine Frau, der es ein diabolisches Vergnügen war, die Männer aufeinanderzuhetzen, und um derentwillen in ihrer Jugend so mancher Schädel eingeschlagen wurde – ging dem Teufel so gut zur Hand, daß unser Blut Feuer fing und diese Flammen sie beinahe selbst verzehrt hätten. Weil sie die Eifersucht des Fischhändlers kannte, stiftete sie Verwirrung zwischen den beiden Neculais, indem sie ein albernes Volkslied sang, das zu der Zeit in Mode war und in dem nach jeder Strophe im Refrain der Name Neculai wiederkehrte:

›Hei, hei, hei,
Küß mich, Neculai!‹

Ja, küß mich, Neculai, aber welcher von beiden? Und da jeder das Seine tat, um möglichst schnell eine Keilerei in Gang zu bringen, hielt mein Neculai seinen Namensvetter zum besten, zwinkerte deiner Mutter zu und trat ihr unter dem Tisch auf den Fuß. Tudor brüllte: ›Herrgott noch mal! Soll's gleich losgehen?‹

›Ja, Cousin‹, rief ich, ›es geht los!‹

Meine Mutter stand auf. Während sie so tat, als räumte sie den Tisch ab, sammelte sie alle Messer ein, die sich in unserer Reichweite befanden. Weil sie aber bemerkte, daß Tudor noch mit einem fürchterlichen Hirschfänger be-

waffnet war, der ihm am Gürtel hing, ging sie zu ihm und bat: ›Tudor! . . . Mein Kind! . . . Gib mir dein Messer!‹
Stolz zog Tudor seinen Hirschfänger und schleuderte ihn gegen die Tür. Die gute Alte trug ihn fort. Dann kam sie mit geweihtem Wasser zurück, besprengte das Zimmer, verbrannte Weihrauch und betete: ›Allmächtiger Herr! Vertreibe den Unreinen aus diesem Haus, in das er seinen Schwanz gesteckt hat, um Zwietracht unter den Menschen zu säen! Schicke ihn in die Wüste, o Herr! Hab Mitleid mit uns armen Sündern um deines Sohnes willen, der gerade heute geboren ward!‹
Sie flehte deine Mutter an: ›Geh hinaus, Tochter! Geh und schüre das Feuer im Herd! Und bete . . . Denn du bist die Ursache des Übels, wie Eva die der Erbsünde war.‹
Die Männer widersetzten sich alle dem Weggang der ›Ursache des Übels‹.
Irimio psalmodierte: ›Laß – uns – die – schö – ne – Ur – sache – des – Übels! Was – soll – aus – uns – Män – nern – wer – den – oh – ne – die – schö – ne – Ur – sa – che – des – Ü – bels!‹
Die Mutter jammerte: ›Irimio! Ihr werdet euch die Schädel einschlagen!‹
›Laß – uns – die – Schä – del – ein – schla – gen – wenn – uns – das – Spaß – macht!‹
Da erklang Dimis teuflische Flöte. Unter seinen Fingern quollen die Töne hervor, und die Worte flossen ihm nur so von den Lippen:

›Dul – du, dul – du, dul – du
Wie gern hab ich ein volles Glas!
Dul – du, dul – du, dul – du
Und Junge, nicht Alte machen mir Spaß!
Dul – du, dul – du, dul – du . . .‹

Mit einem Satz war die ganze Gesellschaft auf den Beinen, und die sîrba ließ das Haus erzittern. Und Dimi spielte und brüllte dazu:

›Los, Sandale, stampf und spring,
Daß es bis zur Grenze dring'!
Dul – du . . .‹

Und Costa der Lange:

›Guter Wein und Müßiggehn
Lassen die Ähre im Unkraut stehn!‹

Und die Schwester ausgelassen:

›Wie bin ich dem Tapfern gut,
Wenn er auf der Lichtung ruht!‹

Und Tudor herausfordernd:

›Keilen und Dreschen mein Herz vergnügt,
Bis der Feind am Boden liegt!‹

Ihr Neculai rief:

›Schlecht ist der Wein, das Litermaß klein,
Doch schenkt eine hübsche Wirtin ein!‹

Mein Neculai aber machte uns Schande.

›Die Dirne nicht im Tanze schwingt,
Denn sie furzet, und das stinkt.‹

›Trinken wir! Trinken wir doch! Hoch die Krüge!‹
›Laßt uns Brüderschaft trinken!‹
Und wir tranken Brüderschaft, jeweils zu zweit, mit verschlungenen Armen, die Gesichter nahe beieinander und die Weinkrüge an den Lippen. Und kaum sah ich, wie deine Mutter mit meinem Freund Neculai, der sich zufällig neben ihr befand, Brüderschaft trank, da sauste auch schon Tudors Humpen quer durch den Raum und zerschellte am Kopf meines Freundes.
Das war das Signal, der zündende Funke. Einen Moment später herrschte ein entsetzliches Durcheinander! Wie Geschosse flogen Krüge, Teller und andere Gerätschaften umher. Tische und Bänke wurden umgestürzt, die Petroleumlampe fiel herunter, zerbrach und erlosch. Wir waren in Dunkelheit getaucht. Und im bleichen Widerschein des Schnees und des sternfunkelnden Himmels, in jenem fahlen Licht, das durch die Scheiben drang, hätte man das bis zum äußersten erbitterte Handgemenge sehen können, bei dem sieben Männer, sieben Freunde und Verwandte, fest aufeinander losdroschen, sich blutigprügelten, und das ohne ein Wort, ohne einen Schrei und ohne zu wissen, warum. Da rief plötzlich, zu einem Zeitpunkt, als noch keiner daran dachte aufzuhören, ihr Neculai in halb komischem Ton aus:
›Beim heiligen Pantoffel! Wir werden uns doch hoffent-

lich nicht bis zum Morgen so weiterkeilen! Ich habe jedenfalls Durst!‹

Wie nach einer elektrischen Entladung hielten wir im Raufen inne. Freimütiges Gelächter und begeisterte Zustimmung waren die Antwort auf diesen unerwarteten Ausruf eines Streiters, der es satt hatte.

›Licht! Licht! ... Und vor allem Wein! ... Wo sind die Frauen? Wo ist der Zwerg?‹

Die Frauen, die sich voller Schrecken in Sicherheit gebracht hatten, kamen mit Kerzen zurück, aber deine Mutter war verschwunden und du mit ihr. Alles Suchen auf dem Hof, in der Scheune und im Stall war vergeblich. Dich, ihren einzigen Schatz, dem all ihre Sorge galt, in den Armen tragend, hatte sie sich dem Schnee, der Kälte und den Wölfen zum Trotz mitten in der Nacht zu Fuß auf den Weg nach Brăila gemacht! Sie kehrte in ihre bescheidene Behausung zurück – eine eifersüchtig auf ihre Unabhängigkeit bedachte Witwe, die nur eine Pflicht kannte: ihren einzigen Sohn aufzuziehen. Für sie war das Vergnügen zu Ende. Schon am anderen Morgen würde die Plackerei wieder beginnen ...

Aber das war ihre Sache. Wir dagegen hatten nichts Eiligeres zu tun, als die Entschwundene augenblicklich zu vergessen, das Zimmer auszukehren, Wein kommen zu lassen und bei den Klängen von Dimis Flöte zu einer stürmischen chindia anzusetzen. Der Haß war gestillt. Als die Ausgelassenheit ihren Höhepunkt erreicht hatte, faßten wir uns alle bei den Händen und tanzten in Hemdsärmeln, mit blutigen Gesichtern und zerrissenen Kleidern

wie toll im Kreis herum, wobei wir uns ebensowenig um unsere Wunden scherten wie um den Zwerg, der, die eine Hand in die Hüfte gestützt und mit der anderen den großen Zehnliterkrug auf seinem Kopf balancierend, in der Mitte des Kreises tanzte und dabei den Fußtritten auswich, die wir ihm in den Hintern gaben.
Mit Essen vollgestopft, stockbetrunken und in meinen Pelz gehüllt, schlug ich, als der Morgen dämmerte, allein den Weg zu meinen Penaten ein, und als ich mich so durch den kniehohen Schnee kämpfte, ahnte ich wohl kaum etwas vom Tag des Jüngsten Gerichts, der nun gekommen ist.«

Der Kranke schwieg ... Dann rief er den Diener und stürzte sein kleines Maß Branntwein hinunter. Adrian suchte inzwischen in der Geschichte, die er soeben gehört hatte, auch nur die Spur eines Vergehens zu entdecken.
»Ich sehe in dem, was du getan hast, Onkel, nichts Sündhaftes, nichts, was eine Strafe Gottes verdiente. Du hast bloß gelebt, wie es deine Gefühle verlangten.«
Anghel wollte lachen, aber er erschreckte seinen Neffen nur durch eine scheußliche Grimasse.
»Du siehst nichts Sündhaftes darin? Armer Freund, was brauchst du denn noch, um es zu erkennen? Muß ich dir noch schändlichere Dinge erzählen? Nun gut, da hast du etwas Kürzeres und Überzeugenderes!
Es war zu der Zeit, als ich meine Frau noch aus ihrem Schlaf aufzurütteln hoffte, indem ich sie betrog. Irimio, der so recht der Sohn des leidenschaftlichen und stürmi-

schen Cosma war, bot mir verführerische Gelegenheiten dazu. Dieser Mann, dessen Vater durch die Hand eines Popen getötet wurde und der seit jenem Tage ein erklärter Feind aller Pfaffen war, machte sich einen Spaß daraus, seine Geliebten unter den Gattinnen oder Töchtern der Diener des Altars zu suchen; mit seinen sechzig Jahren wirkte er noch jung und schön wie eine Eiche, und er hatte mehr Erfolg als ein Bursche von zwanzig Jahren.

Irimio zeigte mir den Weg. Und das Liebesnest in Cazasu. Zu Pferd erreichte man es in einer halben Stunde. Als wir den Weg zum erstenmal zurücklegten, hatte es nicht den Anschein, als führten wir etwas Besonderes im Schilde. Wir wollten bei einem Kollegen einen Schluck trinken, denn die Schankwirte machen sich ein Vergnügen daraus, den Wein ihrer Berufsgenossen zu kosten und zu beurteilen.

Es war Herbst ... Wir tranken heurigen Wein und aßen gutes gepökeltes Hammelfleisch. Durch einen Jungen aus der Gemeinde, den wir zu der Priestersfrau geschickt hatten, ließ diese Irimio wissen, daß ihr göttlicher Gemahl nicht zu Hause. Er war oft nicht da. Als einziger Priester von Cazasu hatte er viele Amtspflichten zu erfüllen, die ihn oft weit von seinem Wohnsitz fort in unzählige Weiler der Umgebung riefen. Der Frömmigkeit, den Vorurteilen und dem Aberglauben ihrer Bewohner war seine Gegenwart unentbehrlich. Jeder Vorwand war gut genug, den Popen zu rufen: man bat ihn, zu einer Taufe, einer Hochzeit oder wegen eines Todesfalles zu kommen; und genauso ernst war es gemeint, wenn er geholt wurde, um die

Schmerzen einer kreißenden Frau oder einer kalbenden Kuh zu lindern, die Geister aus einem Spukhaus zu vertreiben, ein unfruchtbares Feld zu weihen, die Opferversammlungen für die Toten zu leiten oder Gebete über einem Gangrän, über den Kleidern eines Ehemannes, der zuviel trank, dem Kopf eines Verrückten oder Epileptikers zu sprechen. Kurz, man wußte, daß der arme Pope sofort nach Beendigung des Gottesdienstes seine Kirchengeräte unter den Arm nahm, zu Pferde stieg und nun bereit war, seine Tour zu beginnen, von der er erst nachts heimkehrte· und während der er die meiste Zeit von Gläubigen aufgehalten wurde, die ihm in ihrer Not auf dem Wege auflauerten und ihn als den Glücksbringer der Gegend von einem Haus zum andern trieben.

Muß ich dir erst sagen, Adrian, daß dieser ehrenhafte, gerechte Mann, dieser unermüdliche Diener seines Glaubens unsere Beleidigung nicht verdiente? Und daß er noch viel weniger eine Frau und eine Tochter verdiente, die beide gleich ausschweifend waren?
Aber das habe ich mich an jenem Tag nicht gefragt, als mich Irimio, den der Himmel gewiß noch vor seinem Tod strafen wird, dorthin führte und ich befriedigt wie ein Gockel sah, welch wohlgefällige Blicke die Tochter – die Frau eines Landbriefträgers, der auch immer unterwegs war – aus ihren schönen Augen auf meinen schwarzen Bart, mein krauses Haar, mein sauberes Hemd und meine Lackstiefel warf. Ich dachte weder an das Böse, das ich meinen Nächsten zufügte, noch an den Schaden, den

meine eigene Seele dabei nehmen konnte. Und obwohl ich nicht für diese Art von Vergnügen geschaffen war, behagten sie mir doch. Ja, ich fand so viel Gefallen daran, daß ich immer wieder dorthin zurückkehrte.
Die beiden Schlangen waren übrigens ganz dazu angetan, daß man bei ihnen alles vergaß, was nicht fleischliche Begierde war. Gott allein mochte wissen, warum er den Leib eines seiner tugendhaftesten Diener mit diesen Schwären der Sinnlichkeit geschlagen hatte. Die Priestersfrau behauptete – und sie war ja zuständig dafür –, daß der Ewige das selbst nicht wüßte, und sie erklärte uns diese göttliche Ungeschicklichkeit auf amüsante Weise:
›Ihr wißt‹, sagte sie, ›daß Gott am Tage der Erschaffung des Menschen nicht allein war, sondern daß sich der Teufel immer in der Nähe hielt. In alles mischte er sich hinein, überall wollte er mit dabei sein, und fortwährend störte er mit seinen Sticheleien den Allmächtigen, der sich wehrte, so gut er konnte, bei seinem Werk. Als der Teufel sah, wie blendendweiß der göttliche Teig war, den der Herr gerade knetete, um den Menschen, das Geschöpf, das von allen das vollkommenste sein sollte, daraus zu formen, wandelte ihn die unwiderstehliche Lust an, ihn zu beschmutzen. Aber der Schöpfer gab gut darauf acht. Da täuschte der Böse des Meisters Arglosigkeit, indem er auf die Sonne wies, die sich hinter einer Wolke verbarg, und ihm dabei schnell die Frage stellte: »Warum hast du, der du so klug bist, einer schwachen Wolke die Fähigkeit verliehen, den Glanz solch eines gewaltigen Gestirns zu verdunkeln, die Erde zu verfinstern und in Traurigkeit zu hüllen?« – »Da-

mit«, erklärte der Schöpfer, »alle irdischen Dinge stets in einem anderen Licht erscheinen, damit der Mensch keinerlei Sicherheit hat und an allem zweifelt, nur nicht an meiner Macht.« Der Dämon hörte zu und tat, als wäre er beschämt, unterdessen aber war es ihm gelungen, mit seinem Schwanz den göttlichen Teig zu berühren, der sofort grau wurde. Das fiel dem Herrn auf, und er war erstaunt darüber. »Warum wunderst du dich?« sagte der Böse. »Dein Teig ist grau, weil das Licht sich verändert hat!« Da merkte Gott, daß er überlistet worden war, aber aus Stolz wollte er konsequent sein. Er tat die Masse in die Form, bildete den Menschen daraus, hauchte ihn an und stellte Adam aufrecht hin. Aber ach, die Unreinheit war auch dabei! Sie gehört zu uns, und so ist es nun einmal!‹

Und so ist es nun einmal . . . Oder vielmehr: Und so sind sie nun einmal: die feuchtschimmernden Augen, deren Strahlen wie Pfeile das Herz durchdringen; die ungeduldigen Lippen, die nur darauf warten, vom Schnurrbart des Mannes gestreift und von seinen Zähnen gebissen zu werden; die Brüste, die gut versteckt sind, damit man sie um so besser sehen kann . . . Zwei Frauen, zwei Männer, vier Geschöpfe, die der Schwanz des Satans ganz beherrscht! Nicht mehr die geringste Erinnerung an die göttliche Absicht war in uns! Keine Tugend mehr, kein Anstand, keine Haltung, kein Respekt! Zwei Frauen und zwei Männer, die einander anblickten und von Kopf bis Fuß durchdrungen waren vom gewaltigen Schwanz des Bösen!
Und ich habe es getan, Adrian, ich habe in die verbotene

Frucht gebissen! Sie erschien mir gut, so gut, daß ich meine Mitmenschen besser behandelte. Meiner Frau verzieh ich ihren Schlaf und schlug sie nicht mehr. Den Bedürftigen gegenüber verdoppelte ich meine Großzügigkeit, zu denen, die mich bestahlen, war ich nachsichtiger. Und von morgens bis abends war ich in freudiger Erregung ...

Aber so konnte es nicht weitergehen. Denn, wie der Prediger Salomo sagt, ›ein jegliches hat seine Zeit ... weinen und lachen ... herzen und ferne sein von Herzen ...‹ Diese Stunde kam.

An einem schwülen Sommernachmittag genossen Irimio und ich im Pfarrhaus, das abgeschieden und einsam außerhalb des Dorfes lag, jenes verbotene, vergängliche Vergnügen. Der Briefträger war bei seiner Arbeit, und der Pope hatte am Monatsersten aufbrechen müssen, um die Wohnstätten in seinem Kirchspiel zu weihen. Wir glaubten uns sicher vor jeder Überraschung und ließen voll Wollust den Teil des göttlichen Teigs, den des Teufels Schwanz berührt hatte, sein Wesen treiben, als die Rächerhand Gottes die Tür öffnete, in deren Rahmen wie zwei schreckliche Richter der Priester und sein Schwiegersohn auftauchten! Aufrecht und kriegerisch, mit Staub bedeckt und bleich, der eine mit seinem kleinen Weihwasserkessel und dem Wedel, der andere mit einem Knotenstock und dem Briefsack.

Stumm blieben sie auf der Schwelle stehen, aber wir, die vier Schuldigen, flüchteten mit einem Satz in eine Ecke des Zimmers. Irimio hatte schon – bereit, sich zu verteidigen – sein Messer gezogen, ich war versteinert vor Scham, die beiden Frauen verneigten sich scheinheilig. Und die Stimme des Allmächtigen tönte aus dem Munde seines beleidigten Dieners, der aber stark war in seinem Unglück.

Er sagte etwa folgendes:
›Friede sei mit euch, ihr Übeltäter! Und auch mit euch, ihr schamlosen Frauen! Du, Irimio, leg die schneidende Waffe aus der Hand; denn welche Kränkung einem Priester auch widerfahren mag, er betritt weder sein Haus noch das eines anderen, um Rache zu üben! An Gott ist es, zu richten – den Gerechten und den Ungerechten ... Und das ist alles, was ich dir zu sagen habe, du herzloser Mann ohne Scham und ohne Mitgefühl. Doch mit dir, Anghel, habe ich mehr zu reden, denn dir fehlt es weder an Herz noch an Scham oder Mitgefühl. Du bist unglücklich in deiner Ehe, Anghel, das weiß ich ... Aber suchst du Trost im Ungemach deines Nächsten? Von mir spreche ich nicht. Ich bin stark genug, ein Kreuz zu tragen, das der Herr jeden Tag schwerer macht, um mein sündiges Fleisch zu strafen, weil es ein Glück der Sinne begehrt hat, und um mich daran zu erinnern, daß »ein schönes Weib ohne Zucht wie eine Sau mit einem goldenen Haarband« ist. Aber schau dir diesen jungen Mann hier neben mir an, der mein Schwiegersohn ist – durch Gottes Zorn. Sieh, wie er zittert gleich einem welken Blatt, weil er sich in seinem fleischlichen Glück verletzt sieht, verletzt durch dich, einen Menschen, dem es weder an Herz noch an Scham

oder Mitgefühl fehlt. Schau ihn an, Anghel, und wisse, daß »den Weg verlassen böse Züchtigung bringt«! Ich habe diesen Weg verlassen, indem ich eine Frau, die von Gott dazu bestimmt war, jedermann zu gehören, für mich allein haben wollte. Und jetzt werde ich dafür gezüchtigt... Dieser junge Mann hat seinen Weg verlassen, als er eine Liebe, die es treu und redlich meinte, zertrat und meiner Tochter, die besser eine öffentliche Dirne wäre, die Arme öffnete. Und nun wird er dafür gezüchtigt... Auch du, Anghel, wirst gezüchtigt werden! Ich wünsche dir nichts Böses, aber das Übel ist in dir; denn wenn es dem Menschen auch verziehen wird, daß er in seiner Leidenschaft der Pest verfällt, weil er sie für Reinheit hält, so ist es ihm doch nicht gestattet, sich absichtlich anzustecken. So geht denn, verlaßt dieses Haus! Friede sei mit euch, aber fürchtet Gott und die rastlosen Würmer...‹
Hast du gehört, Adrian? Die rastlosen Würmer! Nun, hier sind sie! Sie sind unter diesen Lumpen, die sie bedecken, sie und meinen lebenden Leichnam. Seit einem Jahr fressen sie mich langsam auf. Und seit einem Jahr lebt an mir nur noch das Hirn, der Kopf...
Es ist aus mit Onkel Anghel! Alles ist dahin! Keine Spur mehr von seinem schönen Haus, seinen guten Kindern, dem sauberen Hemd, dem schwarzen Bart und den glänzenden Lackstiefeln... Zerrüttet ist der Körper, der Ermüdung und Krankheit nie kannte! Und was schreckliche Totschläger nicht zu zerstören vermochten, das haben die rastlosen Würmer zerstört!
Nur der Geist hält stand. Er dient mir als unverlöschliche

Lampe in der endlosen Nacht, die mit dem Abend begann, als mein Sohn ins Grab gesenkt wurde. Doch diese Lampe hat zu scheinen begonnen. Und für etwas anderes ist kein Öl mehr da. Alles für sie, für ihre Flamme ... So bin ich zur ewigen Seligkeit gelangt!

Hundertfünfzig Pfund unnützen Lehms, die sich die Erde untertan machen wollten! Hier liegen sie träge ausgestreckt! So viele Bedürfnisse, so viele Begierden, so viel Tumult, und all das von so kurzer Dauer! Warum, o Herr, so ungeschickt bei deinem Meisterwerk! Der Kopf allein hätte uns genügt. Wo sonst als im Denken habe ich Unermeßlichkeit gefunden? Und wenn ich mir vor Augen halte, daß diese Unermeßlichkeit auf einen verschwindend kleinen Raum beschränkt, daß sie wie ein Sandkorn in einen Winkel meines Körpers gedrängt worden ist – sie, unsere einzige Ewigkeit! Das ganze Haus von Heidenlärm erfüllt ... Eine große Pauke, die das Wesen Tag und Nacht mit ihrem Radau betäubt ... Ein Strohfeuer, das den Tempel in Brand setzen will und ihn doch nur verräuchert, mit stickigem Qualm erfüllt und unbewohnbar macht.

Seit sieben Jahren denke ich über alles nach, worüber man überhaupt nur nachdenken kann. Das Alte und das Neue Testament habe ich dreimal gelesen. In einer Stunde hat der Prediger alles gesagt, was über das Leben zu sagen ist; niemals wird man mehr oder Besseres darüber vorbringen können, selbst wenn man zehntausend Jahre unaufhörlich reden würde. Auch dann wäre es nicht weniger wahr, daß ›alles eitel ist und Haschen nach Wind‹! Sogar dort, wo dieser Weise ein wenig Glück findet, ist nichts

davon. Es geht im Leben nicht darum, Freude zu finden, sondern darum, sie sich zu erhalten; aber im Leben ist nichts von Dauer ... Das wichtigste ist übrigens, zu wissen, wozu alles gut sein soll ...
Da hast du den Grund dafür, daß ich mich vom Leben abgekehrt und dem Tod zugewandt habe.
Tot ist man, sobald man nichts mehr begehrt. Ich bin seit drei Jahren tot. Aber frei bin ich erst seit sechs Monaten, seit dem Tag, als sich meine weit offenen Augen starr auf die Ewigkeit gerichtet haben. Dort habe ich Beständigkeit gefunden. Ob es Tag oder Nacht ist, kümmert mich nicht. Ich bin überall, sehe alles, fühle alles, und nichts berührt mich. Freude und Schmerz sind der Freiheit hinderlich.

Mehr als einmal wäre ich beinahe ins Nichts hinübergeglitten, aber ich habe es immer noch rechtzeitig gemerkt. Man spürt es. Wenn jene Unendlichkeit auf einen zukommt, fühlt man Brechreiz und einen Druck an der Nasenwurzel. Eine Sekunde Unaufmerksamkeit, und schon ist es geschehen ...
Einmal habe ich auf meine Art mit dem Leben und dem Tod gespielt. Das war im letzten Winter. Ob es Tag war oder Nacht, ich wußte es nicht; seit langem schon hat das für mich keinerlei Bedeutung mehr. Ich ließ meine Gedanken in die Vergangenheit schweifen ... Bei einer frohen Erinnerung kehrte ich mich stets dem Leben zu, während mich eine traurige dem Tod entgegentrieb. Ein Angstschrei, der von weither kam, erfüllte mich mit Ekel: es war das verzweifelte Quieken eines Schweins, das am

Vorabend des Weihnachtsfestes im Dorf geschlachtet wurde. Oha! Ich entsann mich, auf wieviel Schweine ich mein Knie gesetzt, wie oft ich ihnen mein langes Messer sachkundig ins Herz, das unter der Achsel klopfte, oder in die weiche Höhlung unter der Gurgel gestoßen hatte, je nachdem, worauf es mir ankam. Oft war mir das warme Blut ins Gesicht gespritzt. Das Tier zappelte, dann trübten sich seine Augen – es war tot; ich versetzte ihm einen Klaps und wandte mich dem Leben zu – einen freundschaftlichen Klaps, wie man ihn der Frau, die man liebt, auf den Hintern gibt.

Diese Bilder aus meiner Vergangenheit stimmten mich trübsinnig. Das Universum verschwand ... Keine Erinnerung mehr, weder Zeit noch Raum ... Süße, narkotische Faulheit überkam mich. Ein Kloß würgte mich im Hals. Ein Gewicht lastete zwischen meinen Augen. Ich trieb hinüber. Das läßt sich ja gut an! sagte ich mir.

Da erklangen plötzlich vor meinem Fenster im Chor drei Kinderstimmen:

›Guten Morgen, Weihnachtsmann!
Guten Morgen, Weihnachtsmann!
Guten Morgen, Weihnachtsmann!‹

Weit öffnete sich dann die Tür der Kälte und dem Leben, und begleitet von drei Jungen, betrat mein Idiot das Zimmer, in dem der Tod schon seine Schwingen ausgebreitet hatte. Der Idiot war es auch, der jene Kinder, die nach altem Brauch am Weihnachtsmorgen mit diesem Gruß im Weiler von Haus zu Haus zogen, zu der finsteren Schenke

gelockt hatte. Seit sieben Jahren hatten sich die fröhlichen Stimmen meinen Fenstern nicht mehr genähert...
Nichts von dem, was man ihnen gewöhnlich schenkt, konnte ich ihnen geben: keine Nüsse, kein Johannisbrot, keine Brezeln, keine Feigen.
So gab ich ihnen Geld. Sie wünschten mir eine baldige Genesung, und dann trollten sie sich und nahmen die frische Luft und das Leben wieder mit sich fort.
Als ich sie weggehen sah, vergaß ich den Tod und hätte am liebsten geweint. Weihnachten war es im Dorf. Und Onkel Anghel, dieser gute Christ, hatte keine Nuß, keine Brezel und keine Feige, um sie den Kindern zu geben, die dem Weihnachtsmann einen guten Morgen wünschten.«

Der Mund Onkel Anghels wurde immer breiter, so daß er fast von einem Ohr bis zum anderen reichte und sein schwärzlichgelbes Gebiß sichtbar wurde, das an einen Totenkopf erinnerte. Adrian wußte nicht, ob der Kranke sein Leben ausgehaucht hatte oder ob ihm nur zum Weinen zumute war. Seine rechte Hand, die schlaff über den Rand des Bettes hing, fing plötzlich an zu zittern und tastete mit fahrigen Bewegungen nach der am Boden stehenden Branntweinflasche. Adrian verstand.
»Du willst trinken, Onkel?«
Er erhob sich, um ihn zu bedienen.
»Ja .... rasch ... ich ersticke ...«
Adrian füllte das Gläschen und leerte es in den offenen Mund. Es tanzte zwischen den beiden Zahnreihen, die aufeinanderschlugen, als hätte der Kranke Schüttelfrost.

Prompt trat die Wirkung ein. Der Alkoholiker beruhigte sich.
»Ich werde gleich sterben, Adrian ... Mein ganzes Erbe für dich ist dieser Rat: Widersteh, solange noch Zeit ist, mit allen deinen Kräften der flüchtigen Lust. Denn sie bringt uns das größte Leid. Und welch ein Jammer! Sie fordert unser ganzes Leben für sich allein. Für das Faß Öl, das sie verbrennt, gibt sie uns eine Olive. Das ist wenig. Zu wenig. Die Hunde kommen uns in der Leidenschaft gleich, aber sie sind uns an Weisheit überlegen.
Ich hätte dir gern als Beispiel für menschliche Torheit das Leben Cosmas erzählt, des Vaters von Irimio, der ein entfernter Verwandter von uns war. Aber ich habe nicht mehr Kraft genug für eine so lange Geschichte. Irgendwann einmal wird Irimio sie dir erzählen, und er wird es besser können als ich.
Doch Cosma lasse ich durchgehen, was ich mir kaum, dir aber gar nicht verzeihe. Cosma hatte kein Hirn, ich habe nur ein halbes gehabt; du jedoch wußtest mit zwanzig Jahren, was wir mit fünfzig noch nicht wissen. Du wußtest, daß das Vergnügen uns glauben läßt, es sei des Lebens ganzer Sinn und außer ihm gebe es nichts, während doch das Gegenteil wahr ist. Das habe ich zu spät erfahren, und Cosma ist es niemals klargeworden.«
Adrian hielt es für richtig, seinen Gedanken Ausdruck zu geben.
»Es gibt kein Wissen, Onkel, das eine mächtige Leidenschaft unterjochen könnte, ohne zugleich den Menschen in seinem Wesen zu brechen.«

»Wen nennst du einen gebrochenen Menschen?« fragte Anghel eindringlich wie bei einem Verhör.
»Gebrochen nenne ich den, der sich ein anderes Leben aufzwingt als das, welches ihm bestimmt ist.«
Anghel schüttelte den Kopf.
»Das soll ein gebrochener Mensch sein? Und wie nennst du dann den, der sich kein anderes Leben aufzwingt, sondern das lebt, welches ihm bestimmt ist?« Da Adrian den Kranken nicht zu reizen wagte, schwieg er, aber Anghel forschte weiter: »Welchen Namen gibst du ihm, Neffe? Du willst es nicht sagen? Heißt er nicht Onkel Anghel, jener Mensch, der sich kein anderes Leben aufzwingt, als das, welches ihm bestimmt ist? Kennst du diesen Onkel Anghel? Willst du wissen, wohin ihn das Leben, das ihm bestimmt war, gebracht hat? Gut, Adrian, dann deck mich auf! Na, mach schon, nimm diese Lumpen weg, verschaff dir den Anblick Onkel Anghels, der es nicht verstand, sich ein anderes Leben aufzuzwingen als das, welches ihm bestimmt war! Räum alles weg und sieh her, mein schöner Neffe! Was du sehen wirst, wird dich besser überzeugen als tausend Reden! Na los!«
»Erspar es mir, Onkel ... Ich habe Angst«, stammelte Adrian.
»Ich befehle dir, mich aufzudecken und anzuschauen!« schrie Anghel mit letzter Kraft.
»Verzeih, Onkel, Erbarmen!«
Zitternd vor Anstrengung, schob Anghel seine linke Hand zum Mund und begann zu pfeifen. Der Junge kam sogleich und wollte einschenken.

»Nein ... Nicht das ... Säubere mich erst!« sagte der Kranke zu ihm.
Der Idiot fing an, die Lumpen rasend schnell zu Boden zu werfen; und in dem Maße, wie der Körper bloßgelegt wurde, erfüllte pestilenzialischer Gestank den Raum. Sobald die letzte Decke weggenommen worden war, rief Anghel: »Komm näher, Adrian, und sieh her – um der Liebe willen, die ich immer für dich empfunden habe!«
Von Schrecken ergriffen, trat Adrian herzu; der Wasserkopf machte ihm Platz und nahm wie ein Gendarm am Fußende des Bettes Aufstellung. Aber kaum hatte der junge Mann die wie leblose Gebilde starr nebeneinanderliegenden gräßlichen blauen Schien- und Schenkelbeine und das seines Inhalts entleerte Becken erblickt, kaum hatten seine Augen diese Knochen gewahrt, deren entfleischte Enden die löchrige Haut durchstießen, als er auch schon beide Hände vors Gesicht schlug und schreiend zur Tür lief.
»O Grauen! Das ist Onkel Anghel?«
In diesem Augenblick betrat ein stattlicher alter Mann mit dunklem, bärtigem Antlitz und von stämmigem Wuchs das Zimmer. Adrian prallte gegen seine breite Brust. Der Besucher fing ihn in den Armen auf.
»Was ist los, Adrian? Du erschrickst vor deinem Onkel?«
Bei diesen Worten wandte Anghel dem Ankömmling den Kopf zu und bestürmte ihn: »Irimio! Irimio! Halt ihn fest! Laß ihn nicht fortgehen! Ich flehe dich an ... Hier ... hier auf der Stelle sollst du ihm Cosmas entsetzliches Leben erzählen. Ich will es hören, bevor ich sterbe. Ich will, daß

du diesem jungen Menschen die Wahrheit über die Torheit der Leidenschaften sagst ... Erzähl ihm von der trügerischen Lust Cosmas und von seinen tatsächlichen Leiden ... Von seinen nichtigen Freuden und seinem Zähneknirschen. Zeig ihm die Grausamkeit des wahnwitzigen Gottes, der das Fleisch erschuf um des Vergnügens willen, es zu quälen. Zeig ihm das Unheil, das den erwartet, der sich durch den Aufruhr der Sinne hinreißen läßt. Zeig es ihm, Irimio ... Sag ihm ... Sprich ihm von ... von Cosma ...«

Jäh verstummte Anghel. Seine Augen starrten zur Decke, die Hände verkrampften sich.

»Rede ... Irimio ... Erzähle, wer Cosma war«, setzte er, den Blick zur Decke gerichtet, hinzu.

Adrian wollte schreien, aber Irimio legte ihm die Hand auf den Mund. Dann nahm er den jungen Mann, der angesichts seiner fürchterlich rollenden Augen wie gelähmt war, bei der Hand und begann, die Silben skandierend, mit volltönender Stimme zu erzählen, wobei er bald den Sterbenden, bald Adrian ansah.

»Cosma war der leidenschaftlichste Mensch seiner Zeit ... Sein Leben glich einem von Blitzen durchzuckten Gewitter ... Sein Herz hat stürmische Freuden und übermenschliches Leid erfahren. Und Cosma wurde für seine Ungerechtigkeiten, Gewalttaten und Irrtümer mit dem Tode bestraft ...«

Irimio brach ab, ließ Adrians Hand los, beugte sich über das erstarrte Antlitz Onkel Anghels und betrachtete es einen Augenblick. Dann berührte er, den Blick zu Adrian gewandt, mit zwei Fingern die beiden Augen, die weit aufgerissen zur Decke starrten. Aber Onkel Anghel blickte immer weiter in die rätselhafte Ewigkeit.

Irimio zog Adrian, der von Entsetzen gepackt war, in den verfallenen Schankraum. Dort hob er einen vollgestopften Quersack, den er beim Eintreten zu Boden geworfen hatte, auf den langen, staubigen Tisch und holte ein Zweipfundbrot, ein großes Stück Schinkenspeck, eine gewaltige Zwiebel und einen Hirschfänger daraus hervor. Dann setzte er sich auf die Bank, schlug die Zwiebel mit der Faust breit, schnitt das Brot einmal längs und einmal quer durch, zerstückelte den Speck, und nun begann dieser unglaubliche Mensch sich Riesenbissen in den Mund zu schieben, wobei er Adrian mit einer Geste aufforderte, seinem Beispiel zu folgen.

Ohne etwas auf die Einladung zu erwidern, ließ sich Adrian auf eine Bank fallen und legte seinen Kopf auf die verschränkten Arme. Irimio drang nicht weiter in ihn und verschlang alles. Er ließ sich nicht stören, nur ein einziges Mal erhob er sich, um in den Keller hinunterzusteigen; er kehrte mit einem Fünfliterkrug voll Wein zurück, aus dem er sich einen mächtigen Humpen aus gebranntem Ton vollgoß, der ihm als Trinkgefäß diente.

Nach einer halben Stunde waren Brot, Speck, Zwiebel und die Hälfte des Weins durch seinen Schlund gewandert. Als Adrian den Kopf hob, rauchte Irimio seine Pfeife und lächelte unter seinem buschigen Schnurrbart. Der junge Mann schaute ihn an, wie man ein unmögliches

Monstrum betrachtet. Auf diesen Blick hin zog Irimio die weißen Augenbrauen hoch und schüttelte lebhaft seine graue Mähne mit der Mütze darauf, die wie ein Miniaturheuschober wirkte. Allein seine großen schwarzen Augen, wie die eines Kindes so klar, bürgten für die Liebe, die in diesem wilden Koloß wohnte: sie redeten in der vertrauensvollsten und aufrichtigsten Sprache der Freundschaft. Allem übrigen fehlte jede menschliche Gesittung: der Bart ungepflegt, die Kleidung schmutzstarrend, das Hemd unsauber und am Hals mit Bindfaden zusammengebunden, und diese Bärenpranken, dazu geschaffen, einen Ochsen niederzuschlagen! Und als hätte Adrian noch eines weiteren Beweises seiner Wildheit bedurft, um das Bild zu vervollständigen, packte Irimio den Humpen voll Wein, leerte ihn mit einem Zug, und statt auszuatmen, schlug er seine Zähne in den Rand des Gefäßes, biß in den gebrannten Ton wie andere in Brot, kaute das herausgebrochene Stück und spuckte dann die zermalmten Scherben auf den Tisch.

Die beiden Männer sahen einander fest in die Augen, Adrian fasziniert und faszinierend der Alte.

»Kennst du Füllen dieses Gesicht nicht? Bewahrt die Nacht deiner Vergangenheit keine schwache Erinnerung mehr daran? Einst habe ich in einem schrecklichen Winter kurz vor unserem Weiler nachts eine arme Frau mit gefrorenen Röcken aufgelesen und in meinen Wagen gehoben. Unterwegs schüttet sie mir ihr Herz aus und klagt mir ihr Leid: Witwe ist sie, hat ein Kind von fünf Jahren, das von einer rätselhaften Krankheit verzehrt wird; jede

Hoffnung auf Heilung ist verloren... Wir kommen zu ihrer Hütte; ich ergreife die abgemagerten Händchen des kleinen Mannes, senke den Blick in seine Augen, die an meinen hängen, und schreie mit Donnerstimme in mich hinein: Ich will, o ihr dämonischen Kräfte des Lebens! Ich will, daß dieses Kind geheilt werde! Du sollst genesen, Kleiner, darfst nicht mehr weinen, mußt schlafen, hörst du mich? Friede, Gesundheit und das Leben seien mit dir. Amen! Und das kleine Kerlchen fiel aus meinen Händen dem Schlaf in die Arme, der ihm seit langem fremd war. Und es genas, wurde ein großer, schöner Bursche, wie er jetzt vor mir steht! Kennst du Füllen dieses Gesicht nicht?«
»Sie, Irimio, sind der geheimnisvolle Mann, der jenes Wunder vollbracht hat?«
Irimio nickte. Adrian ergriff eine der behaarten Hände und küßte sie. Sie roch wie feuchtes Hundefell. Draußen ging ein feiner Nebelregen nieder, wie er zum Frühling gehört. Durch das Loch im Strohdach, das an einer Ecke der Schenke eingestürzt war, drang er leise wallend herein.
Keuchend stürzte der Wasserköpfige in den Raum und blickte die beiden Männer mit verstörter Miene an. Irimio sagte zu ihm: »Jetzt, ja, jetzt hast du hier nichts mehr zu tun... Geh, du Armer, geh und leg deinen plumpen Kopf auf die Eisenbahnschienen. Dann bist du befreit von einem Leben, das zu schwer ist für deine Schultern, ebenso wie dein Kopf... Geh, tu, was ich dir sage: es ist zu deinem Besten.«
Der Angeredete verschwand, wie er gekommen war.

»Dir, Adrian, dessen Schultern das Leben zu tragen vermögen, will ich die Geschichte Cosmas, meines Vaters, erzählen.

Die älteste meiner Erinnerungen geht zurück bis zum Anbeginn der Welt, der fernen Welt meiner fernsten Kindheit – siebzig Jahre ist das jetzt her. Und wenn man sich auf etwas besinnen kann, wovon einen siebzig Jahre trennen, dann ist das für uns der Anbeginn der Welt.
Ich saß auf einem Baumstamm und spiegelte mich im See, einem drei Wochen alten Hündchen gleich, das die um seinen Bart schwirrenden Mücken angafft. Um mich herum ein Wald gerader Bäume, die ihre Wipfel in die Wolken reckten. Nur wenn ich auf dem Rücken lag, konnte ich sie betrachten. Nicht weit davon ein tosender Sturzbach. Gegenüber einer Hütte, wo baumstarke Männer, deren Hosen sich über den Schenkeln bauschten, und Frauen in buntgestreiften Röcken laut redend und gestikulierend aus und ein gingen. Plötzlich ertönen Schreie in der Hütte, und die Frauen mit den schönen Röcken bringen sich in Sicherheit. Dann sehe ich Männer, die sich balgen, aber da kommt auch schon in aller Eile ein anderer, der größte und stämmigste von allen, der mir am vertrautesten ist, und der Friede ist wiederhergestellt. Alle trollen sich – bis auf den Hünenhaften und einen zweiten, der mir ebenso bekannt ist wie jener.
Aber wie seltsam!
Der Stärkere springt auf den Rücken des Schwächeren und läßt sich rund um den ganzen Hof spazierentragen,

bis beide zu Boden rollen. Ich kann mir keinen Reim darauf machen und spiegle mich weiter im See.
Das Bild, das auf diese erste Erinnerung folgt, ist deutlicher. Ich sprach. Den größeren der beiden Männer nannte ich Cosma; zu dem anderen sagte ich Ilie. Sie waren mir gleichgültig, nur dann nicht, wenn sie mich auf den Rükken eines Pferdes setzten und reiten ließen. Dabei gab ich ihnen Backenstreiche, weil mein Vergnügen gar zu groß war. Sonst lebte ich für mich allein. Wir waren jetzt an einem so breiten Strom, daß man kaum das andere Ufer erkennen konnte. Bäume mit hängenden Zweigen tauchten ihre Blätter in das langsam fließende Wasser. Von Zeit zu Zeit kamen Fremde in Booten, die mit kleinen Ballen überladen waren, und das verursachte mir viel Kummer: keiner begriff, daß ich Lust hatte, in eine dieser Nußschalen zu steigen und damit auf den Fluten dahinzugleiten wie sie. Aber eines Morgens nutze ich es aus, daß sie nicht wachsam genug sind, klettere in einen leeren Kahn, schneide mit meinem Taschenmesser die Leine durch, die ihn an einen Baum bindet, und da schwimme ich auch schon – zuerst langsam, dann schneller, und schließlich trägt mich die Strömung fort. Ich fühle mich so glücklich, daß ich mich selbst ohrfeigte, weil niemand da war, dem ich hätte Maulschellen geben können. Eine gewaltige Wasserfläche, eine riesige Schärpe, die an dem einen Ende des Horizonts hervorquoll und am entgegengesetzten wieder verschwand. Die Sonne versilberte, vergoldete sie und ließ die Wellen glitzern und gleißen. Allein in dieser Weite, hatte ich nur einen Wunsch: schneller vorwärtszukom-

men. Aber ach, ein Boot machte sich an meine Verfolgung, und Ilie fing mich wieder ein. Was Cosma zu mir sagte, als ich vor ihn geführt wurde, weiß ich nicht, denn ich hörte nicht zu, aber ich fühlte sofort, wie sich seine schweren Hände von hinten auf meine Schultern legten. Mit allen meinen Kräften widerstand ich dem Druck, der ohne Unterlaß stärker wurde, dann versengte mir Cosmas Atem den Nacken, meine Beine knickten ein, und ich brach fast ohnmächtig zusammen. Ich wußte noch nicht, was ein Kuß auf die Wange ist, aber von diesem Morgen an begann ich Cosma gern zu haben. In der Nacht, die diesem Morgen folgte, gewann ich ihn noch lieber, denn nachdem wir, durch Ilies Warnruf geweckt, aus dem Schlaf aufgefahren waren, goß Cosma in der Hütte Petroleum aus und befahl mir, es anzuzünden, was ich sofort tat. Wenig später, als Ilie, mich in den Armen haltend, in gestrecktem Galopp dahinjagte, wobei mir Cosmas Pferd mit seinen Hufen Dreckklumpen ins Gesicht schleuderte, wandte ich mich um, blickte auf die Flammen und sagte mir: Das habe ich getan.

Ruhig strahlte der Mond vom sommerlichen Nachthimmel. Seine Silberscheibe hing gerade über unseren Köpfen, beleuchtete unsere Gesichter und die von hohen Tannen umstandene Waldwiese, und plötzlich offenbarte sich mir Cosma als das, was er immer war: als Beschützer und Tyrann. Ich war vielleicht neun Jahre alt, aber kräftig wie eine Wildente. Die frische Luft zu allen Jahreszeiten und das unstete Leben in den verschiedensten Landschaften und Gegenden hatten mich gestählt. Krankheit war mir fremd (und ist es mir auch heute noch). An dem Tag, der dieser denkwürdigen Sternennacht vorausging, war uns eine tolle Geschichte passiert. Ohne jeden Grund und ohne die geringste Rechtfertigung hatte Cosma befohlen, einen Lagerplatz zu räumen, der den Schmugglern sehr zusagte, und er hatte uns alle samt Waffen und Gepäck an diesen unwirtlichen, abschüssig gelegenen, einsamen Ort gebracht, wo der Teufel seinen Vater aufgehängt haben mochte. Diese willkürliche Entscheidung erregte bei allen Männern Unzufriedenheit, und das war richtig: mag der Schmuggler auch von allen Seiten verfolgt werden, die Familie hängt sich doch an ihn, wie sich das Moos am Baum festsetzt. Man macht Bekanntschaften, liebt und bindet sich. Natürlich läßt man alles fahren und bringt sich in Sicherheit, wenn die Gefahr es erfordert, aber es ist nicht weniger wahr, daß man überall Stücke seines blutenden Herzens zurückläßt. Nur Cosma band sich an nichts anderes als an die Freiheit. Obwohl er bis zur Zärtlichkeit verliebt sein konnte, ließ er nicht ein einziges Haar seiner üppigen Mähne hinter sich zurück. Auch Ilie war Herr über sein Herz, aber deshalb, weil es ihm nicht viel zu schaffen machte; er war der Denker in der Bande und liebte nur die Weisheit, die ihm über alles ging, selbst über die Freiheit, diesen kostbarsten Schatz des Schmugglers. Dem Befehl zum Aufbruch, der gegeben wurde, als die Burschen gerade mit ihren Liebsten kosten, antwortete beinahe einstimmig ein Gemurmel der Auflehnung. Cosma brachte seine beiden Pistolen in Anschlag und donnerte:

›Daß die Weiber von hier verschwinden, ehe ich dreimal Luft geholt habe! Und wer als letzter auf sein Pferd springt, kann seinem Liebchen ruhig folgen!‹
Die Frauen stoben davon, purzelten die Abhänge der Schlucht hinunter. Die Männer unterwarfen sich. Und nun ritten wir acht Stunden lang, ohne uns irgendwo aufzuhalten, abgesehen von einer einzigen Rast.
Jetzt schlief die Truppe. Wir lagen auf der Lichtung, die der Mond mit seinem sanften Schein überflutete, und waren soeben aus dem ersten Schlaf erwacht. Cosma erwartete einen Kundschafter.
Er kam. ›Nun?‹ fragte der Hauptmann. ›Hatte ich recht, oder bin ich nur ein lächerlicher Angsthase?‹
Der Bauer trat näher und küßte ihm die Hand.
›Du hattest recht, Cosma ... Als die Essenzeit herangerückt war, traf der cîrc-serdar mit einer großen Häscherschar auf deinem Lagerplatz ein.‹
Triumphierend bohrte sich Cosma mit dem Zeigefinger in der Nase und gebot Ilie:
›Zähl ihm dreißig Dukaten auf, die an die verlassenen Liebsten zu verteilen sind! Was die Liebhaber angeht, die sollen glücklich sein, ihre Haut gerettet zu haben: ein Schätzchen können sie überall finden!‹
Ilie gab wortlos das Geld heraus. Er schwieg, aber es war das beunruhigende Schweigen des Weisen, der etwas zu sagen hat, und wenn Ilie sich etwas dachte und es nicht aussprach, wußte Cosma im voraus, daß er selbst im Unrecht war. Er, Cosma, fehlbar – das, nein, das konnte er nicht ertragen!

›Ilie! Dein Schweigen ödet mich an ... Rede doch ... Aber nimm dich in acht: wenn du recht hast, zermalme ich dich!‹

›Du kannst mich zermalmen, Cosma, aber deshalb werde ich nicht weniger recht haben.‹

›Also los, steh auf und kehr mir den Rücken zu!‹

Ilie erhob sich, Cosma sprang ihm auf den Rücken, und gebeugt unter der Last dieser zweihundert Pfund, schickte sich Ilie an, auf der Lichtung seine Runden zu drehen. Eine gute Pfeifenlänge hielt er stand, dann begannen ihm kleine Schweißperlen geschwind von der Spitze seiner zu Boden gesenkten Nase zu tropfen. Keiner von beiden sagte ein Wort, während der Mond ihren Schatten über die Wiese wandern ließ. Plötzlich röchelt Ilie, er taumelt und bricht zusammen. Cosma läßt ihn liegen, setzt sich nach Türkenart mit gekreuzten Beinen nieder und betrachtet ihn rauchend. Aber sobald er gewahr wird, daß Ilie sich rührt, geht Cosma zu einer Tanne und läßt sich nieder, den Kopf auf dem Boden, Beine und Unterleib nach oben, gegen den Baum gepreßt.

›Rede, Ilie! Wieso hast du recht?‹

Ilie trocknet sich sein bleiches Gesicht, zündet sich die Pfeife an und sagt langsam:

›Geld, Cosma, heilt nicht die Herzen, die die Liebe verwundet hat, es beleidigt sie ... Deine Großzügigkeit ist genausoviel wert wie die des cîrc-serdar. Wenn dieser Mann eine von unseren Jungfrauen vergewaltigt hat, schenkt er ihr eine Dukatenschnur, und das Mädchen stürzt sich in einen Brunnen – samt seinen Dukaten und seiner Schande. Deine Großzügigkeit, Cosma, ist abscheulicher als die des cîrc-serdar: denn er ist ein Unterdrücker, ihm gibt sich keine Jungfrau hin; du jedoch bist ein Rebell, zu dir kommt die Unschuld von allein. Womit vergiltst du ihr das? Mit Dukaten – wie der cîrc-serdar! Cosma, du bist stark, aber recht hast du nicht.‹

Ilie schwieg, und es war ein friedliches Schweigen. Ein Vogelschrei brachte die Nacht über den Wipfeln der Tannen zum Schwingen. Die Lichtung lag jetzt im Halbschatten. Cosmas Gesicht lief violett an, und sein schöner Bart knüllte sich unter dem Kinn zusammen, das von der Brust gequetscht wurde.

Ich wußte nicht, daß ich Cosmas Sohn und daß Ilie Cosmas Bruder war. Aber da rührte eines Tages der Teufel mit seinem Schwanz an unsere schöne Harmonie – eine Indiskretion drohte sie zu zerstören. Das geschah zwei Jahre nach der Nacht auf der silberglänzenden Lichtung. Damals war ich elf Jahre alt, Cosma zählte nämlich meine Lebensjahre und würdigte sie an jedem Geburtstag durch ein Fest. Mein elfter verlief stürmisch und brachte mir einen grimmigen Schmerz am Kiefer ein.
An jenem Tag befanden wir drei uns in einem Weidengehölz an der Donau. Cosma kleidete mich von Kopf bis Fuß neu ein, briet ein Lamm am Spieß und begoß es mit gutem Rotwein.
›Heute wirst du elf Jahre alt, Irimio!‹ sagte er bei der Mahlzeit zu mir. ›Und heute sollst du mir beweisen, ob du

würdig bist, mein Pferd zu besteigen. Im nächsten Jahr werde ich dir eine eigene Pfeife und im darauffolgenden eine Büchse schenken.‹

Nach der Mittagspause setzte er mich in den Sattel, richtete mir die Steigbügel, und als er das Startzeichen gab, steckte er dem Pferd ein Pfefferkorn in den Hintern. Kaum spürte das Tier den stechenden Schmerz, als es auch schon losschoß wie ein Pfeil, und sicher hatte es nur jene seltsame Bremse im Sinn, während ich einzig und allein darauf bedacht war, mir für die kommenden Jahre Pfeife und Flinte zu verdienen. An den Sattel geklammert, sah ich zu Boden, und ich war überzeugt, daß er sich verflüssigt hatte. Hinter meinem Rücken dröhnte der Galopp Cosmas, der das Pferd von Ilie ritt. Und wie alles schließlich einmal müde wird und anhält, blieb auch mein Renner atemlos, zitternd und ganz mit Schaum bedeckt stehen.

Als wir wieder im Weidengehölz angekommen waren, reichte mir Cosma die hölzerne Kürbisflasche voll Rotwein und sagte:

›Das trinkst du, ohne Luft zu holen, aus, ehe ich bis zehn gezählt habe!‹

Und ich trank. Als er bis zehn gezählt hatte, war die Kürbisflasche leer, ich aber voll, und wir rollten beide ins Moos. Die Erde schien sich zu drehen. Dann schlief ich ein.

Als ich erwachte, war die Sonne untergegangen. Ein kleines Feuer flackerte zwischen Cosma und Ilie und verwandelte ihre bärtigen Gesichter in unbewegliche,

geschwärzte Bronzemasken. Ich setzte mich wie sie im Türkensitz nieder und schaute in die Flammen.
›Du bist ein tüchtiger Sohn der Wälder, Irimio. Ich erkenne dich an.‹
Ich lächelte und sagte:
›Du bist schon gezwungen, mich anzuerkennen, Cosma!‹
Cosma schien zusammenzufahren, seine Miene verdüsterte sich, und er sah Ilie drohend an. Ilie ließ es sich ruhig gefallen.
›Sag mir, du Sohn einer Hündin, warum bin ich gezwungen, dich anzuerkennen? Aber nimm dich in acht: wenn du recht hast, zermalme ich dich!‹
›Wenn du mich auch zermalmst, Cosma, so bleibt es doch nicht weniger wahr, daß mich vor drei Tagen eine alte Hexe mit geiferndem Maul, die im Wald Reisig sammelte, umarmte und zu mir gesagt hat, ich sei dein Sohn, von ihrer Tochter geboren, und Ilie sei dein Bruder und mein Onkel.‹ Rot vor Zorn sprang Cosma auf.
›Verflucht sei diese nichtswürdige Kreatur! Und weil deine Ohren das gehört haben, sollst du augenblicklich den ersten Büchsenschuß abfeuern! Aber stemme dich gut gegen einen Baum und presse den Kolben mit ganzer Kraft an deine Schulter. Wenn das Gewehr dir den Kiefer wegreißt, werfe ich dich in die Donau!‹
Vor Freude ohrfeigte ich Cosma, hob die schwere Waffe und gab meinen ersten Schuß ab. Aber der Kolben schlug mir gegen den Kiefer und warf mich zu Boden. Sofort stand ich wieder auf und nahm meinen Platz am Feuer ein. Cosma untersuchte mich.

›Es ist nichts weiter. Komm jetzt her, damit ich dich umarmen kann, nicht aus Zärtlichkeit – das ist Weibersache –, sondern weil du eben dein Leben gerettet hast. Hättest du dich zum Krüppel gemacht, dann hätte ich dich ertränkt; denn die Unfähigen sind im Leben nur hinderlich und schleppen sich als unnütze Schatten auf Erden hin.‹

Und er küßte mich auf beide Wangen. Ilie breitete in ungewohntem Überschwang die Arme aus.

›Komm her, laß dich auch von mir umarmen, denn, wahrhaftig, Irimio, er hätte dich ertränkt!‹

Das Feuer ging langsam aus. Nacht hüllte die Gesichter ein. Die Weiden rückten dichter um uns zusammen, als fürchteten sie, von der Donau verschlungen zu werden, die ihre durch die Finsternis kühn gewordenen Fluten heranwälzte.

Cosma streckte sich einem Baumstamm gleich auf dem Rücken aus und sagte mit leiser Stimme:

›Bruder und Sohn sind Worte ohne jeden Sinn, ebenso wie Vater, Mutter und Schwester. Fragt man sich jemals, wer der Sohn oder der Vater eines Hundes ist? Wir kommen, Gott weiß wie, zur Welt, das ist alles. Eine einzige Gewißheit gibt es, die hat die Mutter, weil sie das Kind aus ihrem Leib hervorgehen sieht. Sie allein kann sagen: Das ist mein Kind! Das Kind aber kann nicht sagen: Das ist meine Mutter. Was versteht es davon? Alle Ammen sind Mütter in den Augen der Kleinen, die sie betrachten, wenn sie an den Brüsten saugen. Wir, Ilie und ich, haben angeblich denselben Vater. Dieser Mann besaß drei Frauen, von denen zwei unsere Mütter waren. Und da sind wir also Brüder! Aber was wissen wir davon? Als Jünglinge sahen wir im Vaterhaus ein buntes Durcheinander von Männlein und Weiblein, das die Dienstboten in Erstaunen versetzte. Ein Dummkopf, der sich das Oberhaupt des Harems nannte, schmierte sich die ganze Butter aufs Brot, scheffelte alles Gold und wollte alle Frauen des Hauses für sich allein haben. Uns anderen befahl er, zu Gott zu beten, was er selbst auch tat, der Teufel weiß, warum. Eines Tages näherte ich mich einem Mädchen, das mir in die Augen stach; dafür wurde ich ausgepeitscht. Die Kleine sei meine Schwester, sie stamme von der und der Mutter, erklärte man mir. Der Vater war auch wieder er, dieser selbe sture Bock. Aber was wußte ich davon? Und was brauchte ich das zu wissen? Ein andermal nahm Ilie eine Handvoll Gold und gab sie einem Mann, dessen Hof gerade samt dem Vieh, allem Gerät und seiner ganzen Habe verbrannt war; Ilie wurde bis aufs Blut geschlagen. Das ganze Haus billigte diese Bestrafung, bis auf die kleine Schwester mit den Feueraugen. Sie wurde auch verprügelt, weil sie anders gedacht hatte als die übrigen. Aber der Tag kam, an dem mein Körper seine Stärke und sein bleiernes Gewicht erreicht hatte. Da stellten Ilie und ich das ganze Haus auf den Kopf, nahmen das Gold, verabreichten unserem sogenannten Vater eine Tracht Prügel und liefen in den freien Wald. Ja, Irimio, Ilie ist mein Bruder, nicht weil wir vom gleichen Vater abstammen, sondern weil wir in denselben Wäldern leben. Und du wirst unser Sohn und Bruder sein, weil du dessen würdig bist: wie wir liebst du den Wind, der in die Wangen schneidet; das Pferd, das dem Heil entgegenfliegt; die Büchse, die Tod unter den stumpfsinnigen Feinden sät; den edlen Wein, die saftige Frucht; die Pfeife, unsere Freundin, und die Hand des Rebellen. Später wirst du noch eine Freude kennenlernen, die uns von der Frau kommt und den anderen gleicht. An jenem Tag wird dein Blut in Aufruhr sein, und du wirst um dich her viel Böses stiften. Aber das Böse wie das Gute sind die Triebkräfte ein und desselben Lebens, und dieses Leben kümmert sich wenig darum, was wir denken oder was uns behagt. Freude und Leid sind nur zwei entgegengesetzte Richtungen, in die uns ein und derselbe blinde Sturmwind treibt. Lenke dein Schifflein, so gut du kannst, lebe und stirb!‹

Ein Pferd schnaubte geräuschvoll. Cosma legte sein Ohr an den Boden und horchte; dann erhob er sich wieder, wobei er sich auf sein Gewehr stützte, und brach auf, um die Runde zu machen.
Der lehmige Waldboden quietschte unter seinen schweren Schritten.
Ilie schaute ihm nach, wie er sich entfernte, nahm dann die Pfeife aus dem Mund, spuckte aus und erzählte ungefähr folgendes: ›Dem Zufall ist es zu danken, daß du hier bist. Ohne ihn wärst du ein Sklave der Erde und ein Werkzeug der Unterdrückung gewesen, bis zu dem Tag, an dem in deinem Herzen Empörung aufgeflammt wäre, und sicherlich hättest du dich aufgelehnt: des Wolfes Nachkommen sind nicht dazu geschaffen, das Haus des Herrn zu hüten. Cosma hatte den Samen gelegt, aus dem du her-

vorgingst, ohne sich um die Folgen zu kümmern, wie er es bei seinem verfluchten Blut immer tut. Aber dieser Trieb ist nicht ohnmächtig, er ist vielmehr eine Kraft, die sich mit der Kraft eines Dämons messen kann und die ebenso verantwortungsvoll und bewußt ist. Eines Tages lagerten wir auf einem mit Kiefern bewaldeten Hügel und freuten uns beide unsres Lebens, als plötzlich eine Hirtenflöte ertönte. Entzückt lauschten wir ihr. Die Melodie kam näher, wurde deutlicher, dann erklang eine Mädchenstimme, und sie machte uns noch froher, als wir es ohnehin schon waren. Cosma rief aus: »Ist das ein junger Hirt oder eine Hirtin?« Im selben Augenblick hörten wir Schritte. Wir sprangen auf. Vor uns stand, ihre Holunderflöte in der Hand, eine junge Bäuerin und musterte uns von oben bis unten. Zuerst sagte sie nichts und blickte uns nur mit ihren boshaften, großen schwarzen Augen forschend an. Ihr von den sengenden Winden rostbraun getöntes Antlitz schien die Bronzefarbe unserer Gesichter widerzuspiegeln. Füße und Beine waren nackt und sonnenverbrannt. Ich hatte meine Freude daran, sie zu sehen, aber Cosma wurde wild wie ein Stier: seine Kinnladen mahlten vor Begierde, und sein Bart zitterte. Die junge Hirtin legte die Hände auf den Rücken, setzte einen Fuß vor und sagte, wobei sie Cosma dreist fixierte: »Bist du Cosma?« Der Befragte antwortete: »Ich bin Cosma für meine Freunde, und Cosma bin ich auch für meine Feinde!« – »Oh!« rief sie verächtlich. »Sei nicht so stolz; die beiden Cosmas sind nur einer, der sich leicht überrumpeln läßt, wie du siehst!« Nach diesen Worten brach sie in Gelächter aus, wandte uns den Rücken und lief leichtfüßig wie eine Geiß zwischen den Bäumen davon. Da sah ich, daß sie einen armdicken Zopf hatte, der ihr bis an den Rocksaum reichte. Am Abend des gleichen Tages erklang in dem mondbeglänzten Kiefernhain eine wehmütige Volksweise, so alt wie unsere Vergangenheit und jung wie die Knospen im Frühling. Sie kam von weither und näherte sich nicht. Cosma ließ Roß und Büchse im Stich und ging dem Lied nach, und ich nahm die Pferde am Zaumzeug und folgte ihm. Aber die Flöte schien verzaubert, denn wenn man sich ihr genähert zu haben glaubte, ertönte sie plötzlich anderswo. Dann kam Cosma der Dämon zu Hilfe, und der Bann war gebrochen. Ich verlor Cosmas Spur. Die Holunderflöte schwieg, und die Nacht erfüllte den Wald mit Traurigkeit. Ich band die Pferde an einen Baum und rauchte meine Pfeife, in der Hoffnung, daß der verdüsterte Himmel uns inzwischen seine Königin im Silbermantel zurückgeben würde. Und als der Mond dann wieder seinen milden Schein durch das Geäst der Kiefern zu uns herabsandte, ertönten auf der weißen Straße, die unterhalb des Pfades, wo ich meine Pfeife rauchte, entlangführte, zwei Stimmen. Ich legte mich auf den Bauch und sah hinab. Cosma hielt die Hirtin um die Taille gefaßt und streichelte ihre Flechten. Und es lohnte sich, zu hören, was er zu ihr sagte! »O meine schöne kleine Schäferin! Du Frucht, vom Verlangen erschaffen, nach der die Leidenschaft sich verzehrt. Ich hasse die Sonne, die dich besitzt, sooft es ihr gefällt, ich verfluche den Wind, der dich ohne Furcht liebkost, und ich bin eifersüchtig auf das Schaf, das du an deine

Brüste drückst. Die Holunderflöte möchte ich sein, die dein Mund alle Tage küßt, und nur dir zu Gefallen werde ich mich ganz allein mit den Häschern schlagen!« Erbleichend forderte die Liebende: »Laß die Häscher und den Wald, Cosma, sei mein, nichts als mein!« Und Cosma rief aus: »Oh, meine arme kleine Schäferin! Du verlangst von der Eiche, unter dem Bett zu wachsen! Du verlangst vom Donner, in einem Kochtopf loszubrechen! Du verlangst von Cosma, nur dein zu sein. Für dich wäre das zuviel und für mich nicht genug!« Bei diesen Worten sah ich, wie das Hirtenmädchen die Holunderflöte zertrat, die Arme ausbreitete – einer Taube gleich, die ihre Flügel entfaltet – und auf der weißen Straße, die in der Ferne immer schmaler wurde, verschwand. Cosma folgte ihr nicht; er steckte zwei Finger in den Mund und stieß unseren gewohnten Pfiff aus. Ich antwortete und wir verließen jenen Ort.
Drei Jahre später durchquerten wir einen weit davon entfernt liegenden Wald. Es regnete. Unsere Pferde gingen im Schritt. Da legte plötzlich weit oben auf der Straße eine Frau ein Bündel am Wegrand nieder und verkroch sich im Dickicht. Wir galoppierten los. Es war ein Kind, in eine Decke gewickelt. Aus dem Taufschein, der an seinem Hals hing, ging hervor, daß es zwei Jahre alt war und Irimio hieß. Es weinte nicht, sondern war nur erstaunt. »Das muß ein Eichenschößling sein, der im Wald aufwachsen will; ich nehme mich seiner an!« erklärte Cosma und steckte dich in seinen Quersack. Mit dem Saft von gebratenem Fleisch wurdest du genährt. Mit drei Jahren trankst du den Wein aus der Kürbisflasche, mit sechs konntest du

schwimmen. Heute hast du zum erstenmal eine Büchse abgefeuert. Morgen wirst du Pferd und Pistolen bekommen und deinem Geschick folgen.‹

Für den Anfang meinte es das Schicksal nicht besonders gut mit mir. Kaum ein Jahr war seit jener Nacht der Enthüllungen vergangen, als ich den ersten Zusammenstoß mit den Häschern erlebte, auf den ich mich noch gut besinne. Noch hatte ich kein Gewehr, aber ich konnte eine Schaffellmütze, die an einem Baum hing, auf fünfzig Schritt Entfernung mit meiner Pistole durchlöchern. Und weil mir die Gelegenheit fehlte, die Brust eines Feindes mit Kugeln zu durchsieben, schoß ich auf Bauernmützen, den Mond oder das Ohr meines Renners. Das war leicht. Schwieriger wurde es, als sich meiner Pistole die Brust eines Feindes darbot.
Die Mündung des Sereth war zu jener Zeit unser Treffpunkt. Etwas weiter oben wucherte dichtes Buschwerk, und dort machten wir uns eines Tages daran, eine schöne Beute, die halb erkauft und halb auf der Donau zusammengeraubt worden war, unter zweiunddreißig Mann aufzuteilen. Aber ein Zöllner, der Cosma gehässig wie eine Schwiegermutter irgendeine Beschädigung seiner Fähre nachtrug, spürte uns auf und verriet uns für Geld an die Stadtverwaltung von Brăila, die eine große Häscherschar losschickte. Zum Glück für unsere Leute kam sie zu spät, um uns zu überrumpeln, zu umzingeln und uns den Garaus zu machen, aber zeitig genug, um uns die besten Wege zu versperren.

Cosma war dafür bekannt, daß er keiner feststehenden Taktik treu blieb; er hatte deren hundert und mehr. Wie man außerdem wußte, war er von gefährlichen, gut bewaffneten Männern umgeben, deren Zahl ständig schwankte. Das genügte, um die Söldner in Angst und Schrecken zu versetzen; denn trotz ihrer Menge waren sie nur Nichtstuer und wenig entschlossen, ihre Haut zu Markte zu tragen, indem sie es mit Männern aufnahmen, die vogelfrei waren und standhaft an ihrem Verlangen festhielten, sich die Freiheit zu bewahren oder ihr Leben teuer zu verkaufen. Was den Preis anging, den man auf Cosmas Kopf ausgesetzt hatte, so wußten sie, wie gewagt es war, nach diesem Köder zu schnappen.
Schon beim Mittagessen fühlte Cosma als erster das Nahen der Gefahr. Er verließ sich weitgehend auf das Wittern der Pferde. Das seine zumal und auch das von Ilie irrten sich selten. Seit Jahren dressiert, spürten diese schönen Tiere auf große Entfernung die Gegenwart ihrer feindlichen Artgenossen und kündigten sie Cosma durch recht ungewöhnliche Eigenarten an.
Es war im August. Nachdem wir die Schmuggelware aufgeteilt hatten, warteten wir nur noch den Abend ab, um auf der Fähre wieder über den Sereth zu setzen. Da aber hörte Cosmas Pferd auf zu grasen, stellte die Ohren gegen den Wind, sog die Luft ein und hielt seine Nüstern lange zu Boden gesenkt, als lauschte es auf ein Geräusch. Cosma, der immer und überall ein Auge auf sein Pferd hatte, bemerkte dessen Unruhe, streichelte ihm den Kopf und sprach: ›Mein Grauer, mein schöner Grauer, sag mir, ob

der Galgen dem Hals deines Herrn näher rückt!‹ Und sich an seine Gefährten wendend, befahl er: ›Entladet eure Gewehre und füllt neues Pulver auf. Dasselbe tut mit euren Pistolen!‹

Das Gelächter verstummte. Die Mienen verdüsterten sich. Man wußte, Cosma war eigenmächtig, aber er irrte sich nie, und wegen seines Scharfblicks ließ man sich von ihm alles gefallen. Er war unser Herr und Gott.

Die armseligen Glocken eines benachbarten Dorfes bimmelten zur Abendandacht; alles war zum Aufbruch bereit, als der Wachtposten, der auf einem Baum saß, einen Einspänner ankündigte, den ein Bauer kutschierte. Cosma bedeutete Ilie und mir, uns im Gebüsch zu verbergen. Der Bauer näherte sich und hielt vor der Bande an.

›Melonen gefällig, ihr guten Leute? Ich habe vortreffliche Melonen!‹ rief er und ließ seine Blicke furchtsam umherschweifen.

›Das ist ja sehr schön‹, erwiderte Cosma, ›aber schade, daß du zu spät kommst. Wir sind gerade dabei aufzubrechen.‹

›Und wohin wollt ihr denn, so viele an der Zahl? Ich frage nur in aller Bescheidenheit, wenn's gestattet ist.‹

›Aber ja, es ist gestattet. Wir reiten dorthin, wo du herkommst. Und auch ich frage dich in aller Bescheidenheit: Hast du gesehen, ob dort, wo die Straße in den Wald hineinführt, die Söldner der Unterdrücker lagern?‹

›Kein Mensch ist dort, mein Bester! Nicht einer dieser verfluchten Unheilstifter!‹

›Sieh an!‹ sagte Cosma, anscheinend überzeugt. Und zu den Unsrigen gewandt: ›Hört ihr, was für ein Glück wir

haben, Freunde? Auf, auf, bevor die Sonne untergeht!‹ Dann zu dem angeblichen Melonenhändler: ›Vielen Dank, Bruder. Jetzt habe ich noch eine Bitte: Auf dem Weg zur Fähre wirst du einen Kerl wie mich treffen, der doppelt soviel Männer bei sich hat, wie du hier siehst. Er heißt Ilie. Bestell ihm doch von mir, er soll mir mit allen seinen Leuten folgen; und damit deine Worte Glauben finden, zeig ihm dieses Goldstück, das ich mit den Zähnen verbiegen werde. Behalt es für dich – zur Erinnerung an Cosma.‹
›Du bist Cosma?‹ rief der falsche Bauer mit geheuchelter Überraschung aus, die aber ebenso blöd war wie er selber. ›Gott sei gelobt und dein Weg gesegnet!‹
›Besten Dank für deinen Wunsch, du guter Christ.‹
Der Spion der Häscher machte sich eiligst davon, denn er nahm alles, was Cosma ihm aufgebunden hatte, für bare Münze.
Als der Karren weg war, legte sich Cosma lang hin und brüllte, das Gesicht zum Himmel gewandt: ›Ah, du dreckiger Zöllner, du sollst mir deine Verräterei büßen!‹ Dann rief er mich. ›Los, Irimio, bahne dir einen Weg durchs Gestrüpp, klettere auf einen Baum und sieh, was der Fuhrmann tut, sobald er an der Wegbiegung angekommen ist. Wenn das wirklich ein Melonenverkäufer ist, dann rasier ich mir den Bart ab.‹
Wenig später war ich wieder da und berichtete: ›Er hat den Wagen stehenlassen, ist aufs Pferd gestiegen und in gestrecktem Galopp verschwunden.‹
›Danke schön für die Melonen!‹ schrie Cosma.
Und er dachte weiter nach.

Die Männer redeten leise miteinander. Ilie meinte: ›Es wäre vielleicht klug, uns der Schmuggelware zu entledigen und sie im Gebüsch zu verstecken.‹

›Ja‹, antwortete Cosma, ›aber nur, falls wir gezwungen sind, quer durchs Moor zu gehen; denn hört, was ich mir denke: Es gibt hier nur zwei Straßen und einen Pfad. Der Pfad interessiert uns nicht, ob er nun abgeriegelt ist oder nicht, weil wir dort einer nach dem anderen abgeschlachtet werden können wie die Lämmer. Die Häscherbande muß sich also aufgeteilt haben, so daß die eine Hälfte die Straße besetzt hält, die den Sereth aufwärts führt, und die andere Hälfte jene Straße, auf der der Spion zu uns gelangte. Die Nachricht, daß wir beabsichtigen, diesen letzten Weg einzuschlagen, wird den Hauptmann dazu veranlassen, seine Leute von dem, der am Fluß entlangführt, abzuziehen und den ganzen Trupp hier zu konzentrieren. Aber wir müssen wissen, ob er sie alle oder nur einen Teil von ihnen wegholt und wieviel Mann da bleiben, um die Straße am Sereth zu bewachen. Und das soll Irimio auskundschaften, nicht wahr, Irimio? Zeig uns, daß du würdig bist, in Freiheit zu leben! Ich werde dich als armes Fischerkind verkleiden, und du wirst barfuß und barhäuptig mit einem Stock in der Hand am Fluß entlang laufen. Gerätst du in das Wespennest der Häscher, so sagst du ganz außer Atem, daß deine Mutter im Sterben liegt und du ins Dorf eilst, um den Popen zu holen, damit er ihr die Letzte Ölung gibt, aber bring es schluchzend vor, die Tränen müssen dir die Backen herunterlaufen, hörst du? Du hast noch nie geweint. Nun denn, heule jetzt wie ein schlaffes Weib! Und dann bahnst du dir einen Weg durchs Dickicht und kehrst sofort zurück.‹

Mehr als fünfzig Söldner, denen Feuerwaffen und Krummsäbel die Bewegungsfreiheit nahmen, lagen am Waldessaum ausgestreckt und rauchten, als ich, schluchzend wie ein schlaffes Weib, dicht an ihnen vorbeikam. Das Weinen fiel mir leicht, denn ich stellte mir vor, Cosma und Ilie würden getötet oder gefangen und gehängt, und ich müßte als Sklave die Erde beackern.

›He! Bürschchen! Wohin gehst du denn, daß du dabei so viele Tränen vergießt? Hast du vielleicht deine Mutter verloren?‹

›Noch habe ich sie nicht verloren, aber sie liegt im Sterben, und ich gehe den Popen aus dem Dorf holen.‹

›Ihre Sünden mögen ihr vergeben werden! Aber sag uns, Kleiner, hast du dort, woher du kommst, Reiter gesehen, die wie Bauern gekleidet waren?‹

›Ja, mir sind welche begegnet.‹

›Viele?‹

›Vielleicht zweimal soviel wie ihr.‹

›Und in welche Richtung wandten sie sich?‹

›Nach Galaţi zu, auf der Landstraße, die bei der Fähre anfängt.‹

›Da haben wir's!‹ rief der Anführer der Schar befriedigt aus, indem er sich zu seinen Leuten umdrehte. ›Unser großer Hauptmann hat recht daran getan, den Trupp an der Stelle zusammenzuziehen! Oh, wie herrlich! Sie werden diese Banditen niedermetzeln! Wir können in aller Ruhe hierbleiben und unsere Pfeifen rauchen.‹

›Ich verlasse euch und wünsche euch beste Gesundheit, ihr guten Leute‹, sagte ich.
›Geh nur und bleib gesund, du Knirps. Willst du nicht auf eins unserer Pferde steigen, um schneller vorwärtszukommen?‹
›Danke, ich habe Angst herunterzufallen.‹
›Welche Arbeit verrichtest du?‹
›Ich fange Fische – zusammen mit meinem Vater.‹

Die rötliche Sonnenscheibe berührte den Horizont, als unsere Truppe sich einträchtig auf den Weg machte; wir folgten dem Lauf des Sereth und waren entschlossen, uns auf jene Abteilung des Feindes zu stürzen, sie zu zerstreuen und zu fliehen, bevor die Hauptmasse der Häscher, durch das Knallen der Gewehrsalven herbeigelockt, eintreffen würde. Beim Aufbruch sagte Cosma zu den Männern: ›Jetzt sind es acht Jahre, die wir in Freiheit zusammen gelebt haben, ohne daß wir je das Recht gehabt hätten, über unser Schicksal zu klagen, denn bis heute habt ihr nur Scharmützel ausgetragen, und die waren keine große Plage. Nun aber kann es sein, daß einige ihr Leben werden lassen müssen. Sei's drum! Denkt daran, daß ein einziges Jahr der Freiheit mehr wert ist als ein ganzes Sklavenleben. Nicht die Jahre zählen, sondern die Stunden, die man als sein eigener Herr verbringt. Für den freien Mann bedeutet alles, was nicht Freiheit ist, den Tod, aber einen Tod ohne Ende. Schaut unser Kind Irimio an – in wenigen Stunden wird er derselben Gefahr ins Auge sehen wie wir, und ich allein weiß, wie teuer er mir ist, denn er ist von unserem Blut. Doch das ist gleichgültig, ihm wie uns allen wünsche ich eher den Tod als die Sklaverei.‹

Der Unterführer der Bande, der unter dem Befehl und nach den Plänen Cosmas die Raubzüge leitete, antwortete im Namen seiner Leute: ›Wir denken wie du, Cosma: In Freiheit leben oder sterben.‹

Ein phantastischer Galopp folgte diesen Worten. Nur Mauern hätten eine solche Lawine aufzuhalten vermocht. Da wir alle Wämser aus Büffelleder trugen, so daß unsere Brust geschützt war, fürchteten wir die Wunden, die unseren Pferden beigebracht werden konnten, mehr als unsere eigenen. Mein Platz war zwischen Cosma und Ilie an der Spitze dieses Reitersturms.

Die Häscher hatten kaum Zeit, sich die Augen auszuwischen, als wir auch schon über sie herfielen. Sie wußten gar nicht, was los war, und schwangen sich in aller Eile auf ihre Pferde. Im Halbdunkel des Waldes warfen wir uns auf sie, unsere Büchsen sprühten einen Hagel, daß ihnen Hören und Sehen verging und alles in Rauch gehüllt war. Schon nahmen wir, zwischen den Bäumen verstreut, unseren Weg wieder auf, da traf mich eine Kugel, die uns nachgesandt wurde, in den Nacken und warf mich vom Pferd.

Das war alles, was ich im ersten Moment erfaßte.

Das folgende war für mich so traurig wie Tod und Sklaverei. In meinem Blut am Boden liegend, sah ich, wie unsere Truppe eine Kehrtwendung zum Feind hin machte, sich in ein furchtbares Gefecht mit Pistolen und Krummsäbeln einließ und sich der großen Gefahr aussetzte, mit der heranrückenden Häscherschar zusammenzustoßen, und das nur, um mein Leben zu retten. Fast hatten sie es geschafft, es fehlte gar nicht mehr viel; die Krummsäbel Cosmas, Ilies und des Unterführers sausten wie Blitze auf die Köpfe der Söldner nieder, die Rettung war in greifbarer Nähe, und ich kniete mich hin, reckte mich und streckte die Arme aus.
Aber das Schicksal hatte anderes mit mir vor. Im selben Augenblick erbebte die Erde unter dem Galopp der feindlichen Armee, die zur Hilfe herbeieilte. Von frischem Mut beseelt, luden die Gegner ihre Waffen mit verdoppelter Geschwindigkeit. Da hörte ich in der hereinbrechenden Dunkelheit, wie Cosma mir zurief: ›Bleib! Ich werde dich retten!‹
Und die Unseren kehrten um und verschwanden. Ich wurde ohnmächtig.
Als ich wieder zu mir kam, fand ich mich, die Hände auf dem Rücken zusammengebunden, inmitten einer Unmenge von Söldnern; um mich war Nacht, so dunkel wie meine Zukunft, so schwarz wie die Seelen der Häscher. Dann wurden zwei Pechfackeln angezündet, und im Schein ihrer rauchigen Flammen sah ich, wie man zwei der Unseren, schwerverletzt und gefesselt wie ich, herbeiführte.

Einer von den beiden starb unterwegs; der andere wurde gehängt. Ich beneidete sie um ihr Schicksal, denn meines war, als Sklave an den Hof eines großen griechischen Bojaren, des Archonten Samurakis, geschickt zu werden.

Dieser Hof, der fast einer Zitadelle glich, war von hohen Mauern umgeben und wurde Tag und Nacht von Albanern, wahren Riesen, bewacht. Jenes weiträumige schneeweiße Haus, das von Brăila fast genausoweit entfernt war wie von Galaţi und auf einem Hügel lag, der das Tal des Sereth beherrschte, schien dazu geschaffen, jedem Ankömmling Obdach und Glück zu bieten; das versprachen seine breiten, von Sonnenaufgang bis Sonnenuntergang geöffneten Tore, seine Esplanade, die zahlreichen Balkons aus massivem Holz, die blinkenden Fenster und die gewaltigen Vordächer.
Und in der Tat, es bot Obdach und Glück – aber nicht jedem Ankömmling. Alle Tage hielten vier- oder sechsspännige Kutschen vor dem Schloßtor. Bojaren, hohe Würdenträger der Landesverwaltung und Männer, denen ihr Besitz Rang verlieh – Rumänen, Griechen oder Türken –, entstiegen ihnen, begleitet von ihren Frauen, und schüttelten sich den Staub oder Schnee von ihren fürstlichen Umhängen aus bestickter Seide, während das albanische Bedientenpack sie kriecherisch umschmeichelte, sich bis zur Erde verneigte und den Saum ihrer Gewänder küßte. Lächelnd empfing sie der mächtige Hausherr, Archont Samurakis, dieser landesfremde Eindringling, der Gouverneur des Distrikts war.

Kaum am Hofe angelangt, wurde ich auch schon vor den Archonten geschleppt; noch immer waren mir die Hände zusammengebunden, als hielte man mich für fähig, alle Welt umzubringen. Der Archont war allein; auf einem Sofa liegend, das von Kletterwein beschattet wurde, befahl er, mir die Hände zu befreien, und jagte grob meine beiden Peiniger hinaus, die sich, rückwärts gehend und unablässig katzbuckelnd, zurückzogen.

Wir sahen uns fest an, er sehr ruhig, ich mit unverhohlener Feindseligkeit. Der Archont war der erste vornehme Mann, den ich zu Gesicht bekam. Sein schwarzgefärbter Bart mißfiel mir, aber seine hohe Gestalt, die in einen Fransenmantel gehüllt war, wirkte geschmeidig und anmutig. Die mit schönen Ringen geschmückte Hand hielt lässig eine Ambrapfeife. Er fragte mich, und ich antwortete auf griechisch.

›Wie heißt du?‹

›Irimio.‹

›Der Sohn Cosmas?‹

›Der Sohn der Wälder.‹

Der Archont hob mit einer müden Geste den Arm.

›Gib nicht so an, selbst wenn du mutig bist! Ich weiß, du bist bereit, dich bei lebendigem Leib verbrennen zu lassen, aber ich will etwas anderes von dir. Höre also: Da du noch nicht so alt bist, daß ich dich dem Galgen überantworten könnte, gedenke ich, dich zu meinem Kammerdiener zu machen.‹

›Was? Ein Diener, der Sohn ...‹

›... der Wälder, ganz recht. Warte, das ist noch nicht alles.

Ich beabsichtige auch, Cosma durch deine Vermittlung an mich zu ziehen und ihn zu meinem Vertrauten zu machen.‹
Ich brach in Gelächter aus.
›Du denkst nichts als dummes Zeug, mein armer Archont!‹
Der Archont fuhr jäh auf, so daß die Pfeife zerbrach und das Sofa krachte, aber sofort hatte er sich wieder in der Gewalt und sagte wie zu sich selbst:
›Dieses Kind duzt mich und nennt mich arm.‹ Und zu mir gewandt: ›Wisse, mein kleiner Adler, daß ich Frechlingen die Zungenspitze abschneiden lasse.‹
Bei diesen Worten klatschte er in die Hände. Zwei bewaffnete Schafsköpfe tauchten auf, wie aus dem Boden gewachsen.
›Bringt den Zungenlosen her!‹ gebot er.
Sie verschwanden und kehrten mit einem grauhaarigen, irre blickenden Mann zurück. Auf einen Wink des Herrn zeigte er mir das gähnende Loch in seinem Mund, aus dem die Zunge herausgeschnitten war.
Als der Archont sie wieder fortgeschickt hatte, sagte er zu mir: ›Hast du gesehen? Bemüh dich also, vor Zeugen anders mit mir zu reden! Hier gibt es nur einen, der alles sagen darf, was er will: und das bin ich, der Archont Samurakis!‹
Ich antwortete, ohne mich um seine Drohung zu kümmern: ›Du bist ein Feigling. Archont Samurakis, und du tust gut daran, nicht im Wald spazierenzugehen: denn dort würdest du nicht alles sagen können, was du willst.‹
Der Tyrann lachte leise in seinen Bart.

›Hm, hm, hm! Mein kleiner Bär! Das hier ist auch ein Wald, ein Wald mit einer Regierung; denn ich kann Gesetze erlassen. Zudem riskiere ich nichts.‹

›Zum Teufel mit deinem Wald von Dienstboten!‹

›Es sind Männer, so stark wie ihr.‹

›Wie wir? Niemals! Büffel sind es, gut, deinen Pflug zu ziehen.‹

›Nicht alle; meine Leibwache besteht aus wahren Banditen, und dieser Garde möchte ich Cosma als Hauptmann geben, ihn, den schrecklichen Wegelagerer, der mir die schönsten Kupfergeräte, die besten Waffen, die teuersten Teppiche, Seidenwaren und Kaschmirgewebe abjagt, um sie den Ungarn zu verkaufen. Und warum sollte er nicht der Anführer meiner Bande werden wollen? Gold würde er haben, prächtige Kleider, schöne Frauen, und sogar Blut dürfte er vergießen, soviel er nur mag.‹

›Du ekelst mich an, Archont. Los, liefre mich deinem Henker aus!‹

›Nimm dich in acht, Irimio! Treib mich nicht zum Zorn.‹

›Ich pfeife auf deinen Zorn!‹

›Das werden wir sehen. Ich lasse dir Zeit zum Überlegen.‹ Er klatschte in die Hände. Die beiden Wachhunde erschienen. ›Bringt diesen Jungen zur Arbeit in die Schmiede und führt ihn vor mich, sobald er es verlangt. Läßt er sich Unarten zuschulden kommen, so bestimme ich allein, welche Strafe er dafür erhalten soll. Fort mit euch!‹

Der Schmied, ein hünenhafter Zigeuner, war ehemals Sklave, aber nach seiner Freilassung war er nur noch sklavischer geworden. Die Ärmel hochgekrempelt, die graubehaarte Brust nackt, blitzte er mich mit seinen rotunterlaufenen Augen an und umspannte meinen Arm, daß mir die Muskeln schmerzten. Ich gab keinen Mucks von mir, aber das Blut stieg mir zu Kopf.
›Das also ist der kleine Adler unseres Herrn? Haha! Er scheint sich noch in Eichenwipfeln zu wähnen! Wir werden ihm die Schwingen ein wenig stutzen! Vorwärts, kleiner Bär, nimm diesen schweren Hammer und schlag auf das rotglühende Eisen hier, aber schlag kräftig zu!‹
Ich schlug auf das rotglühende Eisen, das er mit der Zange festhielt.
›Oh, ein bißchen stärker gefälligst, und beuge dich tiefer über den Amboß!‹
Die Gesellen lachten. Ich hämmerte also stärker auf das Eisen ein, das er unablässig drehte, und beugte mich tiefer über den Amboß, denn ich wußte, daß ich zu arbeiten hatte. Aber da zog der Zigeuner sein Eisen zurück, der Hammer traf auf den leeren Amboß, prallte, wie von einer Feder zurückgeschnellt, von ihm ab und schlug mir mit voller Wucht gegen die Stirn, auf der sofort eine Beule schwoll. Schadenfrohes Gelächter erschallte um mich her. Der Zigeuner höhnte: ›So lernt man das Handwerk!‹
›Und so‹, schrie ich, ihm seinen Hammer vor die Brust schleudernd, ›so verlernt man es wieder!‹
Der Schmied stieß einen tierischen Schrei aus und sank zu Boden.

›Lauft schnell und berichtet das dem Herrn!‹ brüllte er. ›Warte, du Bandit, ich werde dir mit dem Ochsenziemer hundert über den nackten Rücken ziehen!‹ Der Abgesandte kehrte zurück und verkündete feierlich: ›Unser Herr befiehlt dem Schmied, Irimio zum Stellmacher zu geben.‹
›Das ist alles, was er gesagt hat?‹ raste der Zigeuner.
›Das ist alles‹, entgegnete der andere unterwürfig.
›Gott verdamm mich!‹ fluchte der Schmied. ›Was in drei Teufels Namen hat dieser Hund von einem Strauchdieb im Hintern, daß er sich so schnell bei unserem Herrn Liebkind machen konnte!‹
Ich kam also zum Stellmacher, aber dort setzte ich auch kein Moos an. Da seine Werkstatt an die Schmiede grenzte, suchte sich der Zigeuner sogleich zu rächen. Und er spielte mir einen sehr üblen Streich. Während ich dem Stellmacher half, einen Eisenring an der Nabe eines Rades zu befestigen, fand der Schmied, sicher im Einvernehmen mit seinem Kollegen, eine Gelegenheit, den kalten Ring geschwind durch einen anderen, dunkelrot glühenden zu ersetzen; und als ich den in die Hand nahm, blieb meine Haut daran kleben. Da stürzte ich mich, rasend vor Schmerz, auf den Zigeuner und kippte ihm den Amboß gegen die Beine.
Ihm wurde ein Fuß zerschmettert. Ich mußte dreißig Hiebe mit dem Ochsenziemer über mich ergehen lassen, aber ›auf den bekleideten Rücken und ohne daß die Haut aufplatzt‹, wie der Befehl des Archonten lautete. Schließlich kam ich in den Pferdestall, wo es mir nicht schlecht ging und wo ich blieb.

Zwei Jahre vergingen, zwei lange Jahre, in denen ich jeden Morgen, wenn ich erwachte, von neuem starb. Ich dachte an Cosmas Worte: Ein Tod ohne Ende. Er hatte wahr gesprochen. Selbst daß ich nun das Glück hatte, mich in der Gesellschaft von Pferden zu befinden, brachte mir keine Freude, denn es waren charakterlose Tiere; mit Hafer vollgestopft und gänzlich verfettet, schliefen sie im Stehen ein und waren fast stumpfsinnig. Bei ihrem Anblick kam ich zu dem Schluß, daß ein untätiges und üppiges Leben wohl für den Geist noch verhängnisvoller sein müsse als die Sklaverei.
Und wirklich, ebenso wie die Pferde dösten auch die wachhabenden Albaner im Stehen, die aussahen wie herausgeputzte Affen in ihren Wämsern mit den weiten, geschlitzten Ärmeln, ihren an den Knöcheln zusammengeschnürten Pluderhosen, mit den Quastenpantoffeln und dem lächerlichen, kleinen weißen Fez, der ihnen auf dem einen Ohr saß – wahre Fastnachtskostüme, mit Stickereien, Borten und Goldfäden verbrämt. Dazu hatten sie noch Pistolen und Krummsäbel an der Seite, die nur dazu taugten, schwangere Frauen zu erschrecken. Diese fetten, durch das gute Leben und den Schlaf verblödeten Nichtstuer sahen mir bisweilen bei meiner Arbeit zu, um mir immer die gleiche dumme Frage zu stellen: ›Geht es dir hier nicht besser als bei dem gefährlichen Leben eines gehetzten Wilds?‹
Ich erwiderte: ›Der Wachhund kann den Wolf nicht verstehen.‹
Die Sklaven, meine Leidensgefährten, waren weder neu-

gierig noch unverschämt; sie verbrachten ihre Tage arbeitend, betend und auf ein besseres Leben im Himmel hoffend. Ich beklagte und verachtete sie im stillen.

Während dieser Zeit ließ mich der Archont drei- oder viermal zu sich rufen, um mir zu sagen, er habe mich nicht vergessen und warte noch immer auf meine Einwilligung, sein Kammerdiener zu werden. Ich antwortete ihm, daß ich die Knechtschaft dieser Schmach vorzöge. Bei der letzten Unterhaltung stellte er mir trotz meiner Weigerung einen Wunsch frei. Ich nahm an, aber: ›Ohne jede Bedingung.‹

›Ohne die geringste, was möchtest du?‹

›Erlaube mir, abends, wenn die Lichter gelöscht sind, allein im herrschaftlichen Park spazierenzugehen.‹

›Willst du ausreißen?‹

›Nein, ich gebe dir mein Wort. Aber seit zwei Jahren ersticke ich nun im Arbeitshof, wo ich mit den Hühnern zu Bett gehe, keinen einzigen Baum erblicke, den Mond nicht sehe und den Wind nicht mehr in den Blättern rauschen höre. Ich glaube, dort werde ich noch sterben.‹

›Ab morgen steht es dir frei, das zu tun. Außerdem sollst du zum Schlafen eine Hütte für dich allein haben und dir deine Mahlzeiten aus der Küche für die Wache holen.‹

›Das ist sehr schön‹, sagte ich.

›Ist das alles, womit du mir zu danken weißt?‹

›Was soll ich denn machen?‹

›Mir die Hand, wenn nicht den Saum meines Mantels küssen.‹

›So etwas habe ich noch nie getan.‹

Der Archont lachte, gab mir einen Klaps und entließ mich. Bei dieser Lockerung meiner Sklavenfesseln weitete ein stürmisches Glücksgefühl meine Brust, aber dieses Glück war von kurzer Dauer.

Diese unzähligen Lauben aus Kletterwein und Hopfen, die Rosen- und Fliederbüsche, die mächtigen Pappeln, geradegewachsen wie Kiefern und ausladend wie Eichen, waren nichts anderes als Domestiken, die in Bequemlichkeit dahinvegetierten wie die Pferde und die Albaner. Dieses unterjochte Wäldchen war von einer fünf Fuß hohen, abschreckenden Mauer umgeben, deren unüberwindliche Masse herausfordernd wie eine Bestie dalag. Kein Vogel außer Raben und Spatzen verirrte sich hierher. Der Wind – dieser Wanderer in schwindelnder Höhe, der zu den freien Männern in allen Sprachen der Erde redet – verschmähte es, in eine solche Gruft des Unheils herabzusteigen; er unterhielt sich nur mit den Wipfeln der Pappeln, und auch die beklagte er noch. Selbst der Mond droben am Himmel verdüsterte sich und goß sein bleiches Licht kraftlos wie ein Schwindsüchtiger über diese Stätte falschen Glücks aus, indes die Nachtwächter ihre hundert Schritte machten, gleichgültig, als gingen sie in einem Keller auf und ab. Der klagende Sang der Violinen, die zum Festmahl der Herren aufspielten, drang in Fetzen zu mir heraus, gleich einem Lustgestöhn, während ich zwischen den kahlen Baumstämmen umherwandelte und an das dachte, was jenseits der Mauer war: Cosma, Ilie – Erinnerungen, bei denen sich mir das Herz vor Heimweh zusammenkrampfte.

Ich war jetzt schon fünfzehn Jahre alt. An einem trüben Septembermorgen geriet der ganze Hof in Bewegung, das Gewürm wimmelte durcheinander: der Archont ging für einen Monat auf Reisen. Er ließ mich zu sich rufen. Bereit, in seinen geschlossenen Wagen zu steigen, flüsterte er mir zu, während er sich die Handschuhe überstreifte:
›Du wirst nicht zu fliehen versuchen; ich habe Befehl gegeben, dich in diesem Falle zu erschießen.‹
›Das weiß ich‹, sagte ich.
Und die vier Pferde zogen an.
Sofort wurde die Dienerschaft dreist und blies sich auf, getreu dem Sprichwort: Ist die Katze nicht im Haus, tanzen die Mäuse auf dem Tisch. Sie tanzten, stopften sich voll, betranken sich. Es blieb zwar eine Katze da, das Haus zu hüten – ein älterer Bruder des Herrn –, aber das war nur eine Vogelscheuche, ein heruntergekommener Kater, der vom Herumstreunen auf längst verfallenen Dächern kahl geworden war.
Während dieser Abwesenheit des Archonten gab Cosma mir das erste Lebenszeichen. Eines Nachmittags kam ein alter, weißbärtiger Türke, der Nugat verkaufte, an das große Tor und bot seine Ware den Albanern an, die sich gierig darauf stürzten. Es war ein Festtag. Die Sklaven ruhten sich aus, und jeder tat, was ihm gefiel. Ich saß an dem Palisadenzaun, der den Arbeitshof von dem herrschaftlichen trennte. Der schallende Ruf ›Nugat! Nugat!‹, den der Händler immer wieder in die Lüfte schmetterte, ließ mir das Herz schneller schlagen. Ich kletterte auf den Zaun und schaute hinüber. Ja, ich hatte mich nicht geirrt,

das war tatsächlich der alte Krebsfischer Ibrahim, unser Vertrauensmann. Als er mich erblickte, führte er zum Zeichen aufrichtiger Freundschaft die Hand an die Lippen. Mit unglaublicher Kühnheit bahnte er sich dann einen Weg durch die beiden Reihen von Wächtern, die sich die Finger leckten.

›Warum‹, rief er auf türkisch, ›soll ich dem Jungen da nicht auch ein Stück Nugat bringen. Das Wasser muß ihm ja im Mund zusammenlaufen, wenn er euch essen sieht!‹

Und vor der Nase der ob solcher Kühnheit verdutzten Albaner durchquerte er leichtfüßig wie ein junger Mann den Park, reichte mir die Leckerei und sagte laut:

›Da, mein Freund, iß ... Ich weiß, daß du keinen Pfennig hast, um dir etwas zu kaufen, aber ich sage dir, im nächsten Frühling wirst du bestimmt Geld haben!‹

›Was weißt denn du, ob er im nächsten Frühling welches haben wird?‹ fragte der Hauptmann der Garde im drohendem Ton, als Ibrahim wieder am Tor war.

›Je nun!‹ versetzte der ungezwungen. ›Warum soll man ein Kind nicht aufmuntern, wenn das nichts kostet. Auch die Sklaven haben ein Recht auf Hoffnung.‹

Damit hob er sich die Platte mit dem Konfekt auf den Kopf und entfernte sich mit dem Ruf:

›Nugat und Hoffnung, das Leben zu versüßen!‹

Berauscht von Ibrahims Worten flüchtete ich mich in meine Hütte. Im nächsten Frühling, hatte er gesagt. Tag und Nacht tanzten mir diese Zauberworte vor den Augen wie ein Irrlicht, das Erlösung verhieß. Aber wie konnte ich befreit werden? Zwölf Albaner, die alle sechs Stunden

abgelöst wurden, standen stets auf Wacht. Sechzig andere ruhten sich indessen aus, vertrieben sich die Zeit oder schliefen in zwei Sälen und warteten nur auf das Alarmsignal, um geschlossen mit den Waffen in der Hand hervorzubrechen. Wie sollte Cosma es wagen, eine solche Übermacht mit seinen dreißig Mann anzugreifen?
Nach einem Monat traf am Hof die Nachricht ein, daß der Archont, der in Istanbul weilte, erst nach Ablauf eines weiteren Monats heimkehren würde; und als der verstrichen war, kam er mit großem Tamtam zurück.
Er war nämlich nicht allein, eine Frau begleitete ihn.
Alle Söldner bildeten, in zwei Reihen aufgestellt, zwischen dem gepanzerten Tor und der Terrasse Spalier, und der Archont und seine Liebste schritten, huldvoll lächelnd wie Fürsten, über die aufgeweichten Wege des dunklen Parks, während siebzig Pistolen in aufeinanderfolgenden Zehnersalven ihr diesmal unschädliches Feuer gegen den düsteren Himmel spien. Hinter dem Palisadenzaun lagen wir Lasttiere auf der Lauer und starrten durch die Ritzen zwischen den Pfählen, aber es war unmöglich, etwas zu sehen.
Am anderen Morgen ging es von Mund zu Mund, daß die Geliebte unseres Herrn schön sei wie jene dreihundert Frauen, die den Harem des Sultans bevölkerten. Dann folgten drei Tage absoluten Schweigens. Am vierten, einem kalten, sonnigen Novembertag, erhielten wir Befehl, uns sauber zu waschen, Festkleider anzulegen und uns alle, groß und klein, auf dem herrschaftlichen Hof zu versammeln. Um zwölf Uhr waren wir zur Stelle. Furcht-

same Stille lag über der Menge um mich her, die von den albanischen Wachtposten eingeschlossen wurde.
Ein Lakai öffnete die beiden Türflügel. Strahlend vor Glück erschien der Archont, er führte seine Mätresse am Arm, und beide traten an die Balustrade der über dem Hof gelegenen Terrasse heran. Samurakis trug einen himmelblauen Mantel, den ein Grieche an Saum und Ärmeln mit Goldfäden bestickt hatte, die Frau einen Hermelinpelz und über der Stirn ein Diamantendiadem. Haare, Brauen, Wimpern und ihre großen Augensterne waren schwarz wie Ebenholz. Die braune Haut schimmerte matt.
Der Archont sprach zu uns in sehr schlechtem Rumänisch:
›Die schöne Prinzessin, die ihr an meinem Arm seht, ist meine Verlobte, in vierzehn Tagen meine Gemahlin und von heute ab eure Gebieterin. Ihre Herrlichkeit stammt aus eurem Heimatland; ihr Name ist Floricica. An ihrer Seite will ich mein Volk vergessen, um das ihre zu lieben. Ich werde Rumäne sein. Nun erholt euch drei Tage, eßt gut und trinkt Wein auf ihre Gesundheit!‹
Wie das liebe Vieh schrien darauf alle durcheinander: ›Es lebe Ihre Herrlichkeit!‹ – ›Wir wünschen Euch Glück! – Wir werden Gott um Gesundheit für Euch bitten!‹
Mehrere warfen sich aufs Antlitz nieder und küßten den Boden unter der Terrasse. Andere weinten vor Freude – die Armen. Und die Herde trottete an ihre Krippen, die heute mit besserem Fraß gefüllt waren und neben denen ein Viertelliter Fusel und ein Krug mit Wein standen, der einen kaum in heitere Stimmung versetzen konnte. Nur

die Ruhe war annehmbar, aber sie kam mehr dem Archonten als seinen Sklaven zugute, denn drei Tage lang taten diese nichts anderes, als von der Güte ihres Herrn zu reden und für ihn zu beten.

Am Tag nachdem uns diese herrschaftliche Gnade zuteil geworden war, kam ziemlich spät abends ein Lakai, um mir zu sagen, daß sein Gebieter mich zu sich riefe.
In einem kleinen, niedrigen Raum, dessen Boden und Wände ganz und gar mit rumänischen Teppichen bedeckt waren, gaben sich der Archont und Floricica der Ruhe hin; sie lagen auf zwei großen Bärenfellen, und ihre Köpfe ruhten auf Schlummerrollen aus rotem Seidensamt. Vier brennende Wachskerzen in einem silbernen Leuchter strahlten sanftes Licht aus und vermischten ihren Honigduft mit dem Aroma des türkischen Kaffees und des orientalischen Tabaks. Durch einen Ofen, wie man ihn auf dem Lande hat, wurde das Zimmer von außen geheizt. Überall lagen Kissen und Sitzpolster herum.
Ich wurde als freier Mann empfangen. Das glückliche Paar hatte eben seine Wasserpfeife geraucht und begrüßte mich bei meinem Eintritt wie aus einem Mund: ›Guten Abend, Irimio.‹
Floricica sprach ein fehlerloses Griechisch.
Ihre Schönheit blendete mich. Sie war wie eine Distelblüte in voller Entfaltung. Sie wirkte sehr anmutig in ihrem orangefarbenen Kaschmirschlafrock, der Fesseln, so schlank wie die einer Ziege, sehen ließ, und bei aller Ungezwungenheit war sie doch voll Würde. Ihr schmales

Gesicht zeigte keine Spur von Schminke, das lange, glatt nach hinten fallende Haar keinerlei Anzeichen künstlicher Behandlung. Sie betrachtete mich mit seltsamer Miene – beinahe gerührt. Von dem festen Blick ihrer weitgeöffneten Augen fühlte ich mich wie aufgesogen.
›Irimio‹, sagte der Archont, ›du hast Glück: meine Braut interessiert sich für deine Geschichte. Sie möchte wissen, ob du deine Mutter kennst. Antworte ihr und sei höflich.‹
›Ich bin ein Sohn der Wälder ... Ich kenne weder Vater noch Mutter ... Cosma hat mich aufgezogen.‹
Floricica schien ein Kloß im Hals zu würgen. Sie fragte mich mit zitternder, aber sanfter und wohlklingender Stimme: ›Weißt du, Irimio, wer dich Cosma gegeben hat?‹
›Ich weiß es nicht. Er fand mich im Wald, als ich zwei Jahre alt war, steckte mich in seinen Quersack und fütterte mich mit Fleischsaft.‹
Bei dieser Antwort von mir geschah etwas Merkwürdiges. Mit einer einzigen Bewegung ihres verführerischen Leibes warf sich Floricica herum, wühlte das Gesicht ins Kopfkissen und schluchzte. Den Archonten überkam Rührung, aber diese Szene war ihm peinlich.
›Was ist los, Liebling? Warum weinst du?‹ Und sich zu mir wendend: ›Du kannst gehen.‹
Zwei Tage darauf wurde ich zur gleichen Zeit in dasselbe Zimmer gerufen.
Floricica war ein wenig blaß und lächelte mir freundlich zu. Mit sich und der Welt zufrieden, ging der Archont im Raum auf und ab, die Hände in den Taschen einer weiten Jacke. Er sagte zu mir: ›Hör zu, Irimio; meine Verlobte will

dich zu ihrem Leibdiener machen, der nur ihr aufzuwarten hat.‹

›Ja, Irimio‹, bestätigte sie liebenswürdig, doch ernsthaft, ›willst du mir dienen?‹

›Gnädige Frau‹, erwiderte ich verwirrt, ›schon vor langer Zeit habe ich dem Archonten geantwortet, daß ich lieber sterben würde, als der Diener irgendeines Menschen zu sein, wer es auch sei.‹

›Aber du sollst mit aller Rücksicht behandelt werden, die man einem Kind ... der Wälder schuldet‹, sagte sie sanft.

›Ich pfeife auf eure Rücksicht, und wenn ihr alles wissen wollt, na gut, dann wißt, daß ich euch verabscheue. Ihr seid meine Feinde.‹

Der Archont wollte reden: sie hinderte ihn daran und fragte mich: ›Bin ich denn auch deine Feindin, Irimio?‹

›Ja, du auch. Du bist die Frau derer, die freie Männer töten wollen. Mit welchem Recht werde ich hier seit mehr als zwei Jahren eingesperrt gehalten, wo ich doch anderswo mit Cosma leben will?‹

Sie senkte den Kopf und stützte ihn in die Hände. Der Archont rief lebhaft aus: ›Ich will niemanden töten, aber Cosma und seine Bande sind Diebe!‹

›Diebe nennst du die Männer, die sich weigern, deine Diener zu sein? Oder glaubst du etwa, die Erde sei nur erschaffen worden, damit du allein deine Freude daran hast?‹

Der Archont drehte sich zu seiner Braut um.

›Ich hatte dir ja gesagt, Liebste, daß mit diesem Dickkopf nichts anzufangen ist!‹

Ich wurde verabschiedet. Und das war der letzte Schritt, den der Archont unternahm, um aus mir einen Diener zu machen.

Ein strenger Winter war hereingebrochen, der die Natur erstarren ließ. Die Bäume und die leichtgebauten Lusthäuschen bogen sich unter der Last von Rauhreif und Schnee. Der Hof war in Trübsal versunken, aber diese Trübsal hatte ihren Grund nicht allein in der rauhen Jahreszeit. Von den treuen Dienern des Archonten erfuhren wir, daß ihm sein Privatleben zur Hölle geworden war: Floricica schmorte unseren Herrn auf kleinem Feuer, und kein Tag verging ohne stürmische Auseinandersetzungen. Das erklärte auch, warum keine Feste mehr stattfanden und warum Heirat und Hochzeitsfeier, die alle Welt erwartete, auf den Nimmerleinstag verschoben wurden.
Eines Abends war ich allein in meiner Hütte, an der grimmig der Nordwind rüttelte, und starrte mit einer Niedergeschlagenheit, die ich so recht auskostete, in das Reisigfeuer. Damals schon urteilte ich wie ein Mann in reifem Alter und schätzte das Leben mit einem solchen Scharfblick ein, daß mich spätere Erfahrungen nichts mehr lehren konnten.
So faßte ich, in die zuckenden Flammen starrend, meine Lage mit kalter Vernunft ins Auge. Ich sah, daß ich dank einer zufälligen Lust Cosmas zur Welt gekommen war – als Ergebnis eines von tausend Vergnügen. Und ich haßte Cosma. Ich sah mich unter Rohlingen schmachten – und das nur, weil Cosma es mit den Häschern aufnehmen

wollte, während es viel klüger gewesen wäre, dem Rat von Ilie zu folgen, der vorgeschlagen hatte, die Schmuggelware im Stich zu lassen und uns quer übers Moor in Sicherheit zu bringen. Und deswegen verabscheute ich Cosma. Nun quälte mich noch ein weit gräßlicheres Gefühl: der Verdacht, Cosma leide nicht genug unter meiner Haft und treibe wie bisher frei und fröhlich sein Wesen, ohne sich viel um das Schicksal der anderen zu kümmern. Sicherlich, so dachte ich, eignet er sich weiter alles an, wonach es ihn gelüstet, und macht sich sowenig aus seinem Leben wie aus dem derer, die er rings um sich her zermalmt. Und da zürnte ich Cosma wie einem Feind.
Bitterer Ekel schnürte mir die Kehle zu. Das Dasein hatte keinen Sinn mehr. Gefängnis und freier Wald, Freude und Leid erschienen mir gleichermaßen absurd.
Langsam wie das Reisigfeuer erstarb mein Lebenswille. In diesem Augenblick öffnete sich die Tür meiner Hütte, und herein trat Floricica.

Sie war in einen langen Fuchspelz gehüllt, dessen Kragen sie über den Schal, der ihr Haar bedeckte, hochgeschlagen hatte. Aus diesem Rahmen trat ihr Gesicht wie das Antlitz einer südländischen Madonna hervor. Ihre tief in den Höhlen liegenden Augen und vom Leid geprägten Züge beeindruckten mich.
Nachdem sie den Schnee abgeschüttelt hatte, ließ sie sich auf den Rand meines armseligen Bettes sinken. Ich beeilte mich, ihr meinen Hocker anzubieten. Sie schwieg, als hätte ich nichts gesagt, und schaute mich an ... Ich be-

trachtete sie ... Lange sahen wir uns an ... Dann drehte ich ihr den Rücken zu und beachtete sie nicht mehr, ich vergaß sie. Was bedeutet schon eine schöne südländische Madonna im Fuchspelz, wenn man fünfzehn Jahre alt ist und im Kerker schmachtet?

Später fühlte ich zwei Hände, weicher als der weichste Samt, an meinen Wangen. Floricica klagte mit einer Stimme, die mir vom Himmel zu kommen schien, und Gott gab ihr die Worte ein: ›Kind der Wälder ... Kind der Liebe ... Du bist die Frucht der Illusion. Du bist schön, du bist klug; du bist stolz und ziehst den Tod der Sklaverei vor ... Du welkst in einer von hohen Mauern umgebenen Hütte dahin, während du ein Recht auf die Paläste ohne Wälle und Gräben hast, die die Eichen auf den Bergen erbauen ... Deine Augen starren in ein kümmerliches Reisigfeuer, während sie den Brand der Wälder betrachten sollten ... Und von den Höhen, über denen die Adler schweben, bist du in einen Stall herabgestürzt ... Aber vielleicht ist das gerecht: die Kinder büßen oft für die Sünden ihrer Eltern.‹

›Wer bist du, Zauberin, die du glaubst, daß die Kinder für die Sünden ihrer Eltern büßen müssen?‹

›Ich bin die, die das vollkommene Glück gesucht hat, die mit offenen Augen unter der Sonne träumen wollte und durch ihre Glut geblendet ward!‹ Ein duftender Atem streifte mein Gesicht, fieberheiße Lippen küßten meine Stirn, und Floricica verschwand, wie sie gekommen war. Mein Feuer erlosch ... Es wurde nachtschwarz in der Hütte.

Ein schöner März ging zu Ende, und man fühlte das unwiderstehliche Bedürfnis, die Glieder zu recken, zu gähnen und der Lerche zu lauschen. Aber am Hof des Archonten Samurakis sang keine Lerche. Von den kleinen Tierchen, die auf der Erde herumwimmelten, bis zu den Sklaven, Pferden und Albanern, die im Chor oder nacheinander furzten, und sogar bis zum Archonten und seiner Floricica verspürte alles Lust, aus seinen Löchern herauszukriechen, um sich draußen Bewegung zu machen. Der Archont regte sich nicht viel, er gab nur zahlreiche gewaltige Rülpse von sich wie ein mit Mais vollgestopftes Schwein, denn er verdaute gerade; er hielt diesmal seine Mittagsruhe an der frischen Luft, auf einem Sofa, das auf der Terrasse stand. Seine halbgeschlossenen Augen waren auf das große, weit offene, von seinen bewaffneten Riesen bewachte Hoftor geheftet. Floricica stickte Taschentücher, ich aber saß an ihrer Seite und sprach zu ihr vom Gebirge, von der Ebene, dem Wald, von allem, was Lebenslust weckt; denn durch das viele Frieren in meiner Hütte hatte ich schließlich doch begriffen, daß es besser war, der Geliebten eines Archonten Gesellschaft zu leisten und in einem Palast zu schlafen. Ja, ich hatte nachgegeben. Man gibt schließlich immer nach, wenn einem der Rücken zu sehr gestriegelt wird.
Doch niemandem erwies ich auch nur den geringsten Dienst. Ich spielte den kleinen Archonten – zur größten Wut der Albaner und zur Verblüffung der Sklaven.
Der Herr hörte sich mein Geschwätz mit Vergnügen an und war duldsam.

›Sag mir, Irimio, hat Cosma denn keine Angst vor meinen Häschern?‹
›Er pfeift auf deine Häscher.‹
›Aber eines Tages werden sie ihn doch gefangennehmen, und dann wird der schreckliche Cosma zwischen dem Strang und meinem Dienst wählen müssen.‹
›Er wird dir nicht dienen und den Strang vorziehen.‹
›Was für ein Teufelskerl! Und warum ist es so schwer, einem Herrn wie mir zu gehorchen? Ich würde ihn als freien Mann behandeln, nur um einen Cosma an meinem Hof zu haben.‹
›Archont, freie Männer kennen keine Herren, und Herren können keine freien Männer an ihren Höfen haben; denn das hieße eine Melone in eine Flasche stecken wollen.‹
›Nun gut, dann werde ich ihn eben hängen!‹
›Wenn du ihn hast . . .‹

Die feuchte Erde dampfte in der Sonnenhitze. Unter dem Torbogen erschienen zwei Männer. Es waren zwei jener im Lande sehr zahlreichen Wandermönche aus Jerusalem oder vom Berge Athos, die für ihre Klöster bettelten. Sie waren groß und stämmig wie die Albaner, hatten lange rote Haare und Bärte, bronzefarbene Gesichter und trugen zerlumpte kastanienbraune Kutten und schmutzige Stiefel. Sie waren mit Quersäcken beladen. Einer hielt den versiegelten, mit einem Vorhängeschloß versehenen Eisenkasten, worein man das Geld steckte, unter dem Arm, der andere, größere, trug das Buch, in das die milden Gaben und die Namen der Spender mit dem christlichen

Herzen eingeschrieben wurden. Sobald dieser den Archonten auf der Terrasse erblickte, rief er ihn mit mächtiger Stimme auf griechisch an. Als er zu sprechen begann, erbleichte Floricica, und ich erkannte in den beiden Cosma und Ilie.

›Glück und Segen dem für seine Großmut wohlbekannten Archonten Samurakis! Glück und Segen seiner edlen Gemahlin, der tugendhaftesten Frau im rumänischen Land! Als bescheidene Diener Gottes, die ihr ganzes Leben mit Fasten und Beten zur Ehre des Allmächtigen und für die ewige Ruhe der Seelen verbringen, kommen wir, den großen Archonten um die Gunst zu bitten, den Saum seines Gewandes küssen zu dürfen, denn wir wissen, daß niemals ein Notleidender seine Güte anrief, ohne mit Wohltaten überhäuft von ihm zu scheiden!‹

Den Besuch von Mönchen gewohnt, blieb die Wache gleichgültig und bewunderte nur den herkulischen Wuchs des Redners. Der Archont erhob sich, geschmeichelt lächelnd.

›Seid willkommen, verehrte Brüder! Tretet näher!‹

Mit einer Heuchelei, deren ich sie nicht fähig geglaubt hätte, warfen sich Cosma und Ilie dem Archonten zu Füßen.

Nun betrachtete ich sie aus der Nähe: sie waren nicht wiederzuerkennen. Cosma warf mir verstohlen einen bedeutungsvollen Blick zu, wobei es um seinen Schnurrbart zuckte, und sagte: ›Ich bitte Euren hochgeschätzten Sohn demütig um Verzeihung, weil ich vergessen habe, ihm Glück zu wünschen. Heil und Segen auch ihm, und möge

der Herr ihm die Weisheit seines Vaters verleihen, ein langes Leben schenken und Erben, die den Namen Samurakis Jahrhunderte hindurch fortsetzen!‹
›Habt Dank, meine Freunde, für eure guten Wünsche! Seid nun drei Tage lang meine Ehrengäste, die mit aller Achtung und Ehrerbietung beherbergt und bedient werden sollen. Für welches Kloster sammelt ihr?‹
›Für Sankt Gherasim auf dem Berge Athos‹, erwiderte Cosma, während er Floricica, die den Blick abwandte wie von der Sonne, mit den Augen verschlang.
›Seltsam!‹ platzte der Archont lachend heraus. ›Mönche wie euch habe ich noch nie gesehen; man sollte meinen, daß ihr euer Leben nicht mit Fasten und Beten verbringt, sondern ganze Ochsen vertilgt und Ströme von Wein trinkt!‹
›Der Heilige Geist, dessen Gefäß wir sind, ist unsere beste Nahrung, Archont!‹
›Ein wahres Wunder! Ich wußte noch gar nicht, daß der Heilige Geist so substantiell ist. Wozu dient dann aber das gesammelte Geld?‹
›Oh, Archont!‹ leierte Cosma herunter. ›Davon werden dem Herrn Tempel erbaut und erhalten; es ist für das Olivenöl, das in den ewigen Lampen brennt, die Kerzen, den Weihrauch, die goldenen Kleider der Märtyrer unserer Kirche, für all die heiligen Dinge, die für unsere Seelenruhe notwendig sind!‹
›Also gut, für unsere Seelenruhe gebe ich euch vier Dukaten.‹
Er ließ die Goldstücke durch den Schlitz in den Kasten

gleiten, den Ilie hielt, dann nahm er das Buch und trug seinen Namen ein.
›Sieh an!‹ rief er aus, als er die Unterschriften der Spender las. ›Ihr wart auch beim cîrc-serdar Mavromihalis und beim Archonten Cuţarida, und beide haben euch nur zehn Silbergroschen gegeben! Was für ein Geiz!‹
›Wahrhaftig, freigebiger Archont! Jeder kauft sich den Platz im Himmel, der ihm behagt.‹
›Der ihre wird nicht sehr behaglich sein!‹
›Amen! Allein Euer erlauchter Name wird mit goldenen Lettern in den Marmor des Klosteraltars eingemeißelt werden, über dem die Ikone des heiligen Gherasim hängt, dessen aus zweiundzwanzigkarätigem Gold gegossene Gewänder dreißig Kilo wiegen. Und um Euch unsere Dankbarkeit zu beweisen, werde ich eine Sonntagspredigt halten.‹ Cosma trat drei Schritte zurück, seine Augen glühten. Die Brust geschwellt, Bart und Kutte dem Wind preisgegeben, donnerte er los: ›Einmal nur lebt der Mensch auf Erden! Und die Erde ist unser. Für uns hat Gott sie erschaffen! Für uns ist die Frucht des Baumes und sein Schatten. Für uns der Strahl der Sonne, der Saft der Traube und das Fleisch des Hammels. Für uns der Kiefernwald und seine schönen Hirtenmädchen mit den vom Wind fest gewordenen Brüsten, dem verwegenen Blick und dem maßlosen Verlangen. Für uns alles, was sich dem Auge darbietet, und von allem dürfen wir nehmen. Gott will es, und der Mensch braucht es. Aber wehe dem, der mehr nimmt, als er mit den beiden Reihen seiner Zähne beißen kann! Man wird es ihm entreißen, und Gott wird ihm zürnen. Dann wird Er

die Pest in die Paläste mit den kristallenen Wänden schikken; Er wird die Gefangenen aus den Festungen befreien, damit sie Feuer an die glanzvollen Städte legen; und mitten in der Nacht wird Er die Banditen aus den Bergen in der Herren Schlafgemächer eindringen lassen, die bis an die Zähne bewaffnete Knechte bewachen ...‹

›Halt!‹ schrie der Archont, sich erhebend. ›Diese Sonntagspredigt mag ich nicht!‹ Und zu mir gewandt: ›Geh, Irimio, führe diese frommen Brüder in das Haus der Wachmannschaft. Und sie sollen lieber einen Segen über meine Waffen sprechen, damit sie im Kampf gegen die Banditen immer siegreich bleiben!‹

Ich schritt die Treppe hinab, gefolgt von den beiden Mönchen, die ihre Quersäcke auf dem Rücken trugen. Viele Albaner schlossen sich uns an. Sobald wir im Mannschaftsraum angelangt waren, bestürmte das Dienerpack die Klosterbrüder mit Fragen.

›Habt ihr heilige Andenken vom Berge Athos? Talismane? Glücksbringer?‹

›Von allem haben wir genug‹, sagte Cosma, wobei er in den Säcken herumwühlte. ›Hier ist Öl vom ewigen Licht aus Sankt Gherasim, das alle Krankheiten heilt, sobald man es auf die schmerzende Stelle aufträgt. Hier sind Korallen, die in Seefischen gefunden wurden; sie machen jede Frau verliebt, die sie auf der Brust trägt. Hier sind heilige Holzspäne vom Kreuz, an dem unser Herr sein Leben aushauchte; es ist der beste Talisman gegen die Kugeln der Banditen. Dann habe ich noch Kruzifixe aus Perlmutt, Elfenbein und ...‹

›Gebt her! Gebt uns von dem Öl, dem heiligen Holz, den Korallen und den Kreuzen vom Berge Athos!‹
Das Geld in der Hand, beeilte sich jeder der Wachleute, etwas zu kaufen. Und Cosma verteilte den wundertätigen Plunder großzügig unter sie.

Das Festmahl, das an jenem Abend im Mannschaftshaus stattfand, war denkwürdig. Cosma, der dank dem herzlichen Empfang seitens des Archonten schon in ziemlich hohem Ansehen stand, imponierte den Albanern noch mehr durch seinen fremdländischen Schwung, seine kurzweiligen Geschichten vom Berge Athos und selbst durch die Scherze, die sehr wenig geistlich waren. Zum erstenmal fiel die Leibwache aus ihrer verächtlichen Rolle und wurde menschlich: alle lachten aus vollem Halse.
Eine Speise folgte der anderen.
Der Wein floß in Strömen.
Als die Fröhlichkeit ihren Höhepunkt erreicht hatte, wurde Cosma plötzlich ernst und sagte: ›Meine Kinder! Bevor wir noch vergnügter weiterfeiern, zwingt mich meine Pflicht, euch daran zu erinnern, daß euer Herr mich damit beauftragt hat, Gebete für den Sieg eurer Waffen über die Banditen zu sprechen. Zu diesem Zweck müßt ihr alle Waffen nach draußen bringen und unter den Fenstern des Archonten auf einen Haufen legen; dort werde ich dann, sobald der Mond am Firmament erscheint, den Segen sprechen. Schaffen wir uns zuerst die Plackerei vom Halse, tragen wir die Waffen hinaus! Dann will ich euch von meinem Mastika aus Chios kosten lassen.‹

Da gerieten die Griechen in einen Taumel der Begeisterung.
›Mastika aus Chios? Den habt ihr? O Chios! O Heimat Homers! O Likör ohnegleichen! Welch unverhofftes Labsal für unsere Zungen!‹
In weniger Zeit, als man braucht, um eine Zigarette zu rauchen, waren Flinten, Pistolen und Krummsäbel unter den Fenstern des Archonten aufgestapelt. Durch den Lärm herbeigelockt, schaute dieser heraus.
›Was soll dieser Krach?‹
›Vorbereitungen für den Waffensegen‹, antwortete Cosma.
›Zum Teufel noch mal! Schön und gut, der Segen, aber ihr ruiniert alle Feuersteine und die Hähne der Gewehre!‹
›Fürchtet nichts, Archont! Sind die Büchsen einmal geweiht, dann gehen sie sogar los, wenn sie mit Sägemehl statt mit Pulver vollgestopft werden!‹
Diese Aufschneiderei brachte alle zum Lachen.
Dann geschah folgendes:
Ins Mannschaftshaus zurückgekehrt, holte Cosma zwei dicke Kürbisflaschen, von denen jede nahezu vier Liter faßte, aus den Quersäcken.
›Hier ist der Mastika, die Träne der chiotischen Erde! Jeder wird gerade nur einen tüchtigen Schluck davon nehmen können, aber man muß sich bescheiden, denn Gott beliebte es nicht, Flüsse zu erschaffen, in denen Chioslikör fließt. Vorwärts, nehmt eure Eßnäpfe zur Hand!‹
Und in jeden Napf goß er knauserig die verheißene Menge. Dann hoben, während Cosma und Ilie noch die Kürbisflaschen in den Händen hielten, alle ihre Eßnäpfe über die

Köpfe und riefen: ›Auf die Rechtgläubigkeit! Auf die Gesundheit des Archonten und seiner Leibwache! Auf den Sieg ihrer Waffen! Hoch!‹

›Hoch . . .‹

Man trank.

›Jetzt wollen wir den Rest des Likörs den Männern bringen, die auf Wache ziehen‹, sagte Cosma.

Wir gingen hinaus.

Draußen faßte er mich am Arm.

›Geh, schaff zwei gute Armvoll Hobelspäne, ebensoviel Holz und eine Kanne Olivenöl herbei und bringt das Ganze zum Waffenhaufen!‹

›Aber . . .‹

›Fürchte nichts! Alles ist vollbracht. Es bleibt uns nur noch das Leichteste zu tun.‹

Höllische Nacht. Mordnacht – und die Natur war doch im Auferstehen begriffen . . . Siebzig Männer, so stark, daß sie Bäume hätten ausreißen können, brachen zusammen wie in wüstem Durcheinander umstürzende Säulen. Auf den beiden Reihen der mit Teppichen belegten Bretter, die im Mannschaftshaus zwei endlos lange Betten bildeten, und auf dem Fußboden wanden sich inmitten von ekelhaften Speiseresten und Erbrochenem menschliche Körper – geschaffen, sich des Lebens zu erfreuen – mit schäumenden Mündern und hervorquellenden Augen in Krämpfen. Ihr Geheul hätte Tote zu erwecken vermocht. Die feuchten, kahlen Pappeln schienen vor Entsetzen zu schaudern. In der Vorhalle des Palastes lagen zwei wilde Griechen, die einzigen, die sich geweigert hatten, von dem verhängnisvollen Mastika zu trinken, erstochen in ihrem Blut.

Cosma leerte die Ölkanne über dem Holz und den Hobelspänen und steckte das Ganze in Brand.

Die Flammen griffen auf die Waffen über. Die Fenster des herrschaftlichen Gemachs leuchteten im Widerschein des Feuers. Wir drangen ins Schlafzimmer des Archonten ein.

Er lag im Bett, an der Seite Floricicas, deren Gesicht kreidebleich war.

Als Samurakis uns wie unbeugsame Rächer vor sich stehen sah, glaubte er, ein Alptraum laste auf ihm, und er rieb sich die Augen.

Dann richtete er sich auf.

›Was soll das heißen? Wie seid ihr hereingekommen? Und warum ...‹

›Das ist ebenfalls ein Wunder des Heiligen Geistes; wir kommen, Euch das Ende der Sonntagspredigt zu verkünden‹, antwortete Cosma, die Pistole ziehend.

›Die Banditen ...!‹

›Ich hatte Euch ja gesagt: Und mitten in der Nacht wird Er die Banditen aus den Bergen in der Herren Schlafgemächer eindringen lassen, die bis an die Zähne bewaffnete Knechte bewachen. Erinnert Ihr Euch, Archont?‹

›He! Albaner! Zu den Waffen!‹

›... Und dann werden die Herren vergeblich um Hilfe schreien! Dann werden sie erfahren, daß alles, was von fremder Kraft erschaffen, auch mit dieser fremden Kraft dahinschwindet.‹

›Wer bist du, verfluchter Klosterbruder? Ist der Bandit Mönch geworden?‹
›Nein, Archont! Der Mönch ist immer Bandit gewesen!‹

Auf der Landstraße, die auf die große, nach Călăraşi führende Chaussee zuläuft, kamen unsere vier Pferde in dieser pechschwarzen Nacht nur mit Mühe vorwärts. Wir ritten im Gänsemarsch. An der Spitze sagte Cosma zu Floricica: ›... Gepeitscht von allen Winden der Erde, werden deine Brüste sich härten. Du wirst in Sturzbächen baden, dich von der Sonne trocknen lassen, die Feldblumen werden deinem Körper ihren Duft leihen ... Und du wirst von Cosma geliebt werden ...‹
Dann zügelte er sein Pferd, blickte zurück auf den ganz in Flammen gehüllten Hof des Archonten Samurakis und murmelte voll Grausamkeit: ›Ein Vipernnest weniger ...‹

Eine ganze Woche lang zogen wir, dem Lauf der Ialomiţa und anderer Flüsse folgend und die Straße meidend, immerzu gen Süden hinab. Die Hufe der Pferde versanken in der aufgeweichten Erde der Felder wie in mit Wasser vollgesogenen Brotkrumen. Ununterbrochener feiner Regen zwang uns bisweilen, stundenlang in unseren beiden Zelten zu hocken. Dann waren wir mürrisch. Aber wenn die Sonne zum Vorschein kam und der warme Aprilwind unsere Mäntel aufbauschte, waren wir wieder fröhlich und voll überschäumender Lebensfreude.
Als Schäfer verkleidet, ging Ilie in die Dörfer, um Brot und Wein zu holen. Und wir jagten Hasen. Nachts verbargen

wir uns im Dickicht oder in den Sümpfen, hielten der Reihe nach Wache und hüteten die Feuer, die vor den Zelten brannten.

Während der ganzen Zeit, die wir unterwegs waren, stellte mir Cosma keine einzige Frage über mein Leben am Hof des Archonten. Tag und Nacht beschäftigte er sich mit Floricica. Das wurmte mich.

›Hat er sich während dieser zwei Jahre wenigstens Sorgen um mein Schicksal gemacht?‹ erkundigte ich mich eines Abends, als wir Rast machten, bei Ilie.

›Sehr wenig.‹

›Dann hat er kein Herz!‹

›Doch, er hat schon eins; aber es ist mit ihm wie mit edlem Wein: sein Feuer wärmt nur die Anwesenden. Liebesglut und Herzenskälte – das sind die zwei Gesichter Cosmas.‹

Ilie schien die Kehle wie zugeschnürt. Ich hörte seine Stimme kaum. Weit ungezwungener ertönte dagegen die Cosmas nebenan in seinem Zelt.

›O Floricica, du wirst geliebt werden wie keine andere . . .‹

Um den Mund Ilies spielte ein trauriges Lächeln. Seine Augen leuchteten in der Nacht, und sie spiegelten die Flammen des Feuers wider, das zu unseren Füßen brannte.

›Irimio!‹ brach es dumpf aus ihm hervor, während er meine Hand ergriff und sein Kinn an meine Brust legte. ›Irimio! Cosma ist ein Dämon! Hörst du, was er der Frau sagt? Ach, unzähligen hat er vor meinen Ohren die gleichen Liebeserklärungen gemacht. Und – guter Gott! – ich will auf der Stelle sterben, wenn er jemals gelogen hat oder jemals aufrichtig gewesen ist! Ja, er war in alle verliebt und zu jeder zärtlich wie ein Turteltäuberich und großzügig wie der Regen, der die von der Sonne ausgedörrte Erde tränkt. Aber allen gegenüber war er undankbar wie ein Kater, und bei ihren Tränen blieb er gleichgültig wie der Tod. Hör die Geschichte, Irimio, die ich dir jetzt erzähle. Dann wirst du ihn besser verstehen.

Ungefähr ein Jahr nach der Schlacht mit den Häschern, bei der du gefangengenommen wurdest, zogen wir sehr weit fort, in die Moldau, um die Bewohner der Gegend, die ein grausamer Herr terrorisierte, zu rächen. Wie es sich Cosma zur Regel gemacht hatte, trennte er sich von unseren Leuten, und zu zweit, als Hausierer verkleidet, betraten wir eines Abends den Hof des Tyrannen. Seine Leibwache war abwesend; sie half die Reihen einer Häscherschar zu verstärken, die zusammengezogen wurde, um einen sehr kühnen Freischärler zu jagen, der Tod unter den despotischen Herren des Moldaulandes säte. Die Erkundigungen, die wir eingezogen hatten, besagten: Ihr werdet an diesem Hof etwa zwanzig feige Diener antreffen, und man wird euch behilflich sein, sie zu fesseln. – Wir trafen sie auch wirklich an, aber was das Fesseln anging, geschah eher das Gegenteil; denn kaum hatten wir unsere Ballen zu Boden gesetzt, als ein Mädchen aus dem Volk mit kindlicher Seele und sinnverwirrendem Blick Cosmas leidenschaftliches Herz entflammte und seine Absichten durcheinanderbrachte. Als sie uns an jenem Abend zu dem Heuschober führte, wo wir übernachten sollten, sagte sie zu Cosma:

»Hausierer, fahrender Handelsmann,
Der 's Schwert nur schlecht verbergen kann,

du wirst meinen Herrn nicht töten, denn er hat mir Gutes getan!«

Cosma rief aus: »Sag mir, o Kind der Jahreszeit, in der sich die reife Kirsche unserem Gelüst darbietet, die Wiese zum Faulenzen einlädt und die Vögel ihr Recht auf Liebe verkünden, sag mir, was dir der Tyrann an Gutem getan hat, und ich werde die Unzahl seiner Gewalttaten vergessen und meine Aufgabe, sie in dieser Nacht zu rächen.«

»Ja, Cosma, das alles sollst du vergessen, denn mein Herr hat mich den Klauen eines Aasgeiers entrissen, mich unberührt gelassen und mir die Freiheit wiedergegeben. ›Du kannst hier leben, wie du es wünschst, und den lieben, der dir gefällt‹, hat er zu mir gesagt. Der Aasgeier aber ist sein Verwalter, und da heute abend Neumond ist, wird er morgen bei Tagesanbruch den Weg entlanggeritten kommen, der hier vor uns liegt, um seinem Gebieter den Zehnten und die Fronverschreibungen zu bringen. Er wird allein sein. Geh ihm entgegen, und jage dem Diener die Kugeln, die du dem Herrn bestimmt hattest, zwischen die Rippen. Nimm sein Geld ... Kauf davon Ochsen für die Bauern, die er arm gemacht hat ... Dann werde ich deine Sklavin sein.« Als wir in jener Nacht unsere Pfeifen rauchten und zu den Sternen aufsahen, sagte ich zu Cosma:

»Wirst du tun, was die Hexe dir rät, Cosma?«

»Ich werde tun, was sie mir rät, denn ich liebe diese Hexe und will sie haben.«

»Du wirst also der Unvernunft gehorchen ...«
»Ich würde selbst dem Teufel gehorchen ...«
»Und du willst dein Leben aufs Spiel setzen, indem du das Übel nur am Schopf packst, statt es mit Stumpf und Stiel auszurotten ... Cosma, du bist stark, aber recht hast du nicht ...!«
»Ilie, du hast immer recht, aber du ödest mich an. Stell dich hin!«
Ich erhob mich, Cosma sprang mir auf den Rücken, und ich wanderte mit ihm immer rund um den Heuschober, bis mir der Atem ausging und ich hinfiel. Dann setzten wir uns.
»Jetzt rede, Ilie! Wieso hast du recht?«
Da begann ich zu sprechen, und während Cosma mir zuhörte, bearbeitete er seine Brust mit fürchterlichen Faustschlägen.
»Cosma ... Ein Held darf sich keine Halbheiten zuschulden kommen lassen ... Du giltst als Held ... Man betet dich an ... Aber du bist keiner, und du betest auch nichts an ... Oder zu viel auf einmal ... In dieser Gegend wird es morgen, wenn wir fort sind, heißen: Cosma ist gekommen, um unser Land vom Drachen zu befreien, aber er hat nur eine Natter getötet. Vielleicht deshalb, weil die Natter ein Würmchen fressen wollte und dieses Würmchen Cosma gefiel! – Das ist's, was man hier sagen wird ... Man wird recht haben ... Du aber wirst im Unrecht sein ... Und das darf einem Helden niemals passieren.«
Am anderen Morgen hielten wir uns bei Tagesanbruch hinter einer Brombeerhecke am Rand der Landstraße

versteckt, auf der die Natter entlangkommen sollte. Das Würmchen war bei uns. Cosma streichelte ihm den Kopf, brennend vor Begierde, denn diese Kleine, Gott sei's geklagt, war eine Tochter der Sonne, ein Weib gewordener Glutfunke, der im Mann das Pulver zündet.

»Seit meiner frühesten Kindheit träume ich von dir, Cosma!«

»Und ich suche dich, Flamme, seit Anbeginn der Welt!«

»Aber du wirst den Mann, den ich dir jetzt gleich zeige, töten!«

»Ja, ich werde ihn töten, denn meine Ohren glühen, meine Schläfen zerspringen... Und solange du meine Ohren zum Glühen und meine Schläfen zum Zerspringen bringst, werde ich Schuldige und Unschuldige töten, wie du es verlangst!«

»Wie tapfer du bist, Cosma!«

»Tapfer, mein Mädchen, tapfer, bis ich dir zu Füßen liege!«

Da kommt ein Reiter heran, sein Pferd geht im Schritt, ein Futtersack hängt am Sattel. Der Mann ist in Hemdsärmeln – und sein Hemd ist sauber –, er ist barhäuptig und singt seine Lebensfreude aus sich heraus, die Lebensfreude eines schönen, gesunden Menschen. Plötzlich fährt er zusammen, hält an, wendet den Kopf nach allen Seiten und greift mit der Rechten zur Pistole: er hat unsere ein Stück weiter weg haltenden Pferde schnauben gehört. Seine Besorgnis ist jedoch von kurzer Dauer, denn das Mädchen schließt die Augen und hält sich die Schürze vors Gesicht, während Cosma auf den Reiter anlegt und ihm aus nächster Nähe eine Kugel durch den Kopf jagt.

Der Mann fällt hintenüber, das Pferd geht durch ... Auf der von der aufgehenden Sonne vergoldeten Straße jagt das Tier in wildem Galopp dahin, den Körper seines Herrn, dessen einer Knöchel am Steigbügel festhängt, hinter sich herschleifend, während der zerschmetterte Schädel den Staub des Weges zusammenfegt.
Cosma richtet sich vor seinem Dämon auf.
»Bist du zufrieden, Weib? Was begehrst du noch? Willst du, daß ich meinen Bruder töte? Soll ich mein Pferd erschießen, das mit bebenden Nüstern auf der Lichtung auf mich wartet? Sag mir, was du willst!«
»Dich will ich, Cosma!«
»Du sollst mich haben, Ewigkeit! Ich bin dein, solange meine Ohren glühen und meine Schläfen zerspringen!«
Kurz darauf erscheint ein Bauer, ein hochgewachsener Greis, mit unseren Pferden. Cosma gibt ihm vier Beutel Gold.
»Ist das alles, Cosma?«
»Das ist alles für heute, mein Freund.«
»Aber du hast deine Pflicht nicht ganz getan.«
»Ich habe keine Pflicht. Edelmütige Menschen schulden niemandem etwas.«
Wir saßen auf ... Cosma ritt an der Spitze, seine Eintagsewigkeit in den Armen. Ich folgte ihm in zwanzig Schritt Entfernung und sann schweigend über die Einsamkeit des Menschen nach.
Über unebene, holprige Waldwege, wo die Hufe der Pferde auf dem feuchten Moos ausglitten und von den Ästen dicke Regentropfen auf unsere Köpfe fielen, und quer

über unermeßliche Felder, wo die Tiere weit ausgriffen, ritten wir zur Serethmündung hinab.
Am ersten Abend machten wir am Rand eines Waldes halt, in dessen wildwucherndes Dickicht man sich bei Nacht nicht wagen konnte. Zu unseren Füßen dehnte sich endloses Brachland, von dem Gott – seinen dankbaren Schmetterlingen zu Gefallen – die erlesensten Wohlgerüche aufsteigen ließ. An der Himmelskuppel ging der Vollmond auf und erfüllte das Dickicht mit Geheimnissen, das freie Feld mit Grillengezirp und Cosmas Herz mit Frevelmut. Ja, an jenem Abend war Cosma für mich ein Frevler, grausam wie ein Feind, denn er verlangte von mir, ich solle für die kleine Hexe, seinen bösen Geist, die Flöte blasen, wo er doch wußte, daß ich stets nur für meinen Gott und unsere Freiheit spielte.
Sie hatte gesagt: »Wenn jetzt eine Flöte ertönte, würde der Himmel sich öffnen, und die Engel des Herrn würden herniedersteigen, um Lobgesänge anzustimmen!«
Cosma fuhr auf und zeigte mir sein mondbeschienenes Antlitz. Es war rot und geschwollen, als hätte er zu lange ins Feuer geblasen. Ich verstand seine ungestüme Bitte, aber ich schlug die Augen nieder, während mein Blut in Aufruhr geriet.
»Spiel, Ilie.«
»Für wen?«
»Für die Ewigkeit!«
»Sie ist kurz, deine Ewigkeit, Cosma . . .«
»Kurz, Ilie, aber gewaltig wie der Blitz, der die Erde in Brand setzt.«

Ich zog meine Flöte aus dem Gürtel, feuchtete ihre Löcher mit Speichel an und spielte ... Und sobald die ersten Töne durch die Nacht hallten, öffnete sich der Himmel, die Engel sangen Hymnen – denn der Dämon ließ seine Stimme erschallen; diese Klangflut war harmonischer als das Lied der Nachtigall. Mein Haar sträubte sich mir unter der Mütze, und wie behext liefen meine Finger über die Flöte hin. Mein Verstand begann zu glauben, daß die Hölle wohl göttlicher als das Paradies und ein böser Geist, der singt, frömmer sein müßte als ein Engel, der betet.

»Nehmen laß ich mich nicht,
Ich schenke mich hin.
Mein Gott ist kein Tyrann,
Mein Herz kennt keine Sünde ...«

So sang die Hexe ... Ihre Stimme übertönte das Rauschen des Waldes und das Konzert der Grillen. Da vergaß ich mein Gesetz, verriet meinen Gott und spielte wie besessen, bis mir salzige Schweißperlen in den Augen brannten. Als ich innehielt, um mir das Gesicht abzuwischen, bemerkte ich, daß Cosma nicht mehr da war und der Dämon auch nicht, daß ich allein saß, in Nacht und Schweigen gehüllt – einsam, wie wir es alle sind auf Erden.
Wir setzten unseren Weg bei anhaltendem Regenwetter fort. Mensch und Tier waren durchnäßt wie aus dem Wasser gezogene Ratten. Um seinen Schatz zu schützen, ritt Cosma in Hemdsärmeln und legte alle seine Kleider der Frau um, die auf diese Weise ein dickes und unförmiges feuchtes Paket wurde. Die Nächte verbrachten wir

in Grotten. Cosma war dann von grenzenloser Ergebenheit. Allein ging er auf Suche nach trockenem Holz, zündete jedesmal ein schönes Feuer an, trocknete das Zeug, bereitete heiße Getränke, und nackt bis zum Gürtel, einem wahren Riesen gleichend, machte er sich dann stets daran, die Waffen abzureiben und wieder mit trockener Munition zu laden.

Endlich erreichten wir unser Ziel, die Serethmündung, diesen verfluchten Ort, wo wir durch des Zöllners Verrat ein Jahr zuvor den Häschern eine Schlacht hatten liefern müssen. Jetzt war die Stunde gekommen, diesem Schurken seinen Verrat heimzuzahlen.

Die Rechnung war bald beglichen, aber die Sache komplizierte sich und wurde – wie verschlungen sind doch des Schicksals Fäden! – in zwiefacher Hinsicht zum Drama.

Wir lagen alle drei an dem einen Ende der Brücke, auf moldauischem Gebiet, in einem Graben versteckt; das Gewehr im Anschlag, lauerte Cosma auf das Erscheinen des Verräters, während die Pferde, die wir hatten frei herumlaufen lassen, hundert Schritt von uns brav weideten. Die Frau, deren Stern am Himmel der Leidenschaften noch selbigen Tags untergehen sollte, fragte: »Was tun wir hier, Cosma?«

»Das wirst du gleich sehen. Ich habe eine Schuld zu begleichen.«

»Pflegst du denn deine Schulden zu begleichen?«

»Manchmal ja . . .«

Der Mann erschien, die Hände in den Taschen; er wandte sich erst nach rechts, dann nach links und ging schließlich

gerade auf Cosmas Flinte zu, um zu erfüllen, was auf seiner Stirn geschrieben stand. Aber in dem Augenblick, wo Cosma auf ihn anlegte, erbleichte die Frau, ergriff ihren Geliebten am Arm und schrie: »Halt! Das ist mein Bruder!« Blau vor Zorn, stieß Cosma sie mit dem Gewehrkolben von sich, daß sie hinfiel.
»Dein Bruder vielleicht, aber mein Feind!«
Und er schoß den Zöllner nieder, der zu spät vor der drohenden Gefahr gewarnt worden war. Laute Schreie ausstoßend, eilte die Schwester dem Bruder zu Hilfe, der sie nicht mehr nötig hatte, und sie warf sich jammernd über seine Leiche.
Als wir dann näher traten, richtete sie sich anklagend vor Cosma auf.
»Du hast meinen Bruder getötet!«
»Einen Spion habe ich getötet. Was dachtest du denn? Daß ich nur noch Verwalter umbringen würde?«
»Er hat mich ja aus den Klauen des Verwalters errettet. Er hat mir die größte Wohltat erwiesen!«
»Und mir hat er das ärgste Übel zugefügt: er lieferte mich den Häschern aus!«
Die junge Frau kniete neben dem Toten nieder und betete. Wir holten die Pferde. Als wir wieder da waren, legte Cosma einen Beutel Dukaten auf die Erde und sagte zu seiner Ewigkeit, die eine Woche gewährt hatte: »Wenn du fertig bist mit beten, kannst du deinen Bruder beerdigen und dich dann selbst in einem Kloster begraben, was dir ganz gut gefallen wird, und dort darfst du, ohne daß du dich anstrengen mußt oder irgendeinen Schaden erlei-

dest, weiter zu Gott beten, denn er hat Brüder wie du und fürchtet keine Spione.«
Als wir kurz darauf mit verhängten Zügeln dahingaloppierten, sagte Cosma voll Überzeugung zu mir: »Die Weiber sind dazu da, die Männer von ihrem vorgezeichneten Weg abzubringen!«

·

Ilie verstummte. Sein Gesicht, das die zuckenden Flammen schwach erhellten, drückte kindliches Erstaunen aus. ›Denke an diese Wechselfälle des Lebens, Irimio‹, ermahnte er mich zum Abschluß, hüllte sich in seinen Mantel und warf sich auf eine Strohschütte.
Ich blieb allein unter der Zeltplane, die bei dem leichten Wind klatschte wie Wellen. Zum Schlafen verspürte ich nicht die geringste Lust. Alles, was ich erlebt hatte, zog an meinem geistigen Auge vorbei, während das Ohr sich anstrengte, irgendeinen Laut aus dem Zelt von Cosma und seiner Floricica zu erlauschen. Doch ich vernahm nur die einsamen Geräusche der Nacht. Verdrossen kroch ich ins Freie, tat draußen einige Schritte, und sogleich versank die Zeit um mich her. Harmonie ... Ewiger Einklang ... Das Reich der Brombeere, des Rieds und des Schilfs, in dem Tausende von Fröschen auf Seerosenblättern hockten und Kiebitze mit halboffenen Augen vor sich hin träumten, genoß das Glück des Daseins. Ich hörte, wie ein Karpfen emporschnellte und dann wieder in sein Element hineinplatschte. Ein Kranich klapperte lange Zeit mit dem Schnabel, während ein Sperber mit mächtigem Flügelschlag in unsichtbarer Höhe die Stille zerriß. Und unter

dem sanften Streicheln des Nachtwinds lösten sich aus dem alles beherrschenden Röhricht unzählige Flocken und schwebten gleich stillen Dankgebeten an den Schöpfer durch die Lüfte.
Mein Denken war ausgelöscht...

Eine bleischwere Hand ließ mich aufspringen: Cosma stand vor mir – eine gewaltige schwarze Masse. Sein dichtes Haar lag unordentlich auf dem Rockkragen, der struppige Bart und die buschigen Brauen ließen nichts von seinem Gesicht sehen als eine fleischige Nase und zwei große Augen, die mir gut und zufrieden schienen. Mit tiefer, ausgeglichen und friedvoll klingender Stimme sagte er zu mir: ›Ich grüße dich, Irimio, du freier junger Mann! Du wachst über Cosmas Glück, das ist gut. Doch für dich ist nun die Stunde der Ruhe angebrochen. Geh! Cosma löst dich ab!‹
›Du irrst, Cosma. Ich wache nicht über dein Glück, ich belausche das Moor und fühle mich eins mit ihm.‹
Er trat einen Schritt zurück.
›Das ist noch besser! Du tust zweierlei Gutes auf einen Schlag: zuerst kommst du, dann ich! So will es das Gesetz des Lebens. Aber, sag einmal, bist du mir vielleicht ein bißchen böse?‹
›Ein wenig schon.‹
Cosma breitete die Arme aus. Vor dieser gewaltigen Silhouette schien die Erde zusammenzuschrumpfen.
›Wenn man jemandem zürnt, den man liebt, kann man sich am besten von seinem kleinlichen Haß befreien und

zu seiner Liebe zurückfinden, indem man ihn gleich schlägt, denn der Groll, den man in sich hineinfrißt, richtet mehr Unheil an als ein freundschaftlicher Fausthieb. Hier ist eine Brust, so von Seligkeit erfüllt, daß selbst ein Hammer ihr nichts anzuhaben vermöchte. Schlag zu, Irimio!‹

Mit ganzer Kraft versetzte ich ihm einen Stoß. Cosma rührte sich nicht.

›Stärker!‹

Rot vor Zorn schlug ich zu.

›Weiter!‹

Ich hob die Hand. Aber dieses strahlende Gesicht, diese bärenstarke Brust . . . Und vor allem diese beiden wie zwei Flügel ausgebreiteten Arme, bereit, mich zu umschlingen . . . Nein!

Ich warf mich an diese Brust und wühlte mein Gesicht in die Haare, die nach Mannesschweiß rochen. Cosma drückte mich an sich und streichelte mir das Haar.

›Was fehlt dir, Irimio? Was habe ich dir getan?‹

›Du bist zu glücklich, Cosma, und läßt mich zu einsam danebenstehen.‹

Er antwortete nicht, aber ich fühlte, wie seine Arme herabsanken, während sein Herz schwer wie ein Hammer, aber regelmäßig wie ein Uhrwerk pochte. Dann ließ er sich in den Türkensitz nieder, forderte mich auf, das gleiche zu tun, stopfte seine Pfeife, zündete sie an und sagte etwa folgendes: ›Das Glück Cosmas, mein Junge, kann die anderen nur einsam und leer danebenstehen lassen. Es gleicht dem Sturm, der die knospentragenden Bäume zerfetzt, der die Blütenblätter losreißt, die schwer sind von Zärtlichkeit, der den Bach, der glücklich ist in seinem Bett und munter dahinplätschert, in seinem Lauf aufhält und die Tiere tötet ... Er verschlingt alles ... Alles, was Leben hat. Dann stürmt er gegen eine Felswand an, die ihn zum Gefangenen macht, oder er läßt sich von einem Schlund der Erde verschlingen, in dem Wasser und Himmel ineinander verfließen. Aber er ist auch großmütig, denn wenn er vorübergezogen ist, steht das Leben kraftvoller wieder auf. Wie dieses Unwetter bin ich. Vielleicht ein bißchen undankbarer, vielleicht etwas weniger gerecht. Wisse: nur die alltäglichen Freuden und Leiden können wir mit anderen teilen. Sobald der Mensch sich zu glücklich fühlt, ist er allein; und einsam bleibt er auch, wenn er zu unglücklich ist. So ist es nun einmal: in einen flachen Graben kann jeder mit dir springen, aber keiner vermag dir in den Abgrund zu folgen. Das vollkommene Glück ist wie eine solche Schlucht. Warst du nicht eben ganz in deinen Traum versunken, so daß du die Gefahr vergaßest und dich von mir überraschen ließest? Wer von unseren Gefährten der Freiheit hätte dir in deinen Gedanken zu folgen vermocht? Wer hat mich in die Höhle des Löwen, zum Archonten Samurakis, begleitet, als ich neulich Lust bekam, dich auf der Stelle zu befreien? Ilie! Ilie hat mich begleitet. Aber Ilie ist mein Schutzengel, auf den ich niemals höre. Und doch folgt er mir immer, sei es auch widerwillig. Das muß daher kommen, daß unser Vater, der Bock, sich's am Tag unserer Empfängnis in den Kopf gesetzt hatte, seinen Harem nur mit dem Samen der Tollheit, der Tollheit jeder Art, zu befruchten, und so zeugte er: mich, Cosma oder den Liebeswahn, Ilie oder die Vernunftraserei, unsere Schwester Kyra oder die Gefallsucht, und schließlich unseren jüngsten Bruder, der ganz einfach irrsinnig war und sich erhängte, weil er wahrscheinlich nichts mit seinem Leben anzufangen wußte. Aber sicher bin ich mir dessen nicht, denn er war so verrückt nach Nußkuchen, daß er vor Vergnügen aufheulte, wenn man ihn aus dem Ofen nahm, und vielleicht hatte er den Mund voll davon, als er sich aufhängte. Man muß für seine Narrheit zu sterben wissen, aber niemals darf man sich in die eines anderen einmischen.‹

Indem Cosma das sagte, starrte er wie gebannt auf sein Zelt. Der Vollmond war am mitternächtlichen Himmel drei Lanzenlängen über den Horizont emporgestiegen und bot seine düsterrote Scheibe Floricica dar, die mit über der Brust verschränkten Armen unbeweglich vor dem Zelt stand und ihn betrachtete. Über ihre Schultern, die ein weißseidener Umhang einhüllte, ergoß sich die Fülle ihres gelösten Haars wie schwarzglänzendes Pech. Vor dieser schönen Erscheinung kniete Cosma nieder, das Gesicht zur Erde gekehrt und die Arme nach vorn gestreckt wie ein Muselman beim Gebet. Lange verharrte er so. Dann erhob er sich und reckte, vom Gefühl überwältigt, seine nackten, muskulösen, beinstarken Arme gen Himmel. Da erschien mir Floricica weniger eindrucksvoll, alles andere wirkte armselig, als wäre es plötzlich zusammengeschrumpft, und Ilie, der gerade gähnend aus sei-

nem Zelt herauskam, war in meinen Augen nur noch ein kümmerlicher Mann im schäbigen Mantel.
Wir alle sahen Cosma an, und ich glaube, die anderen dachten wie ich, daß er uns hätte zermalmen können, ohne etwas anderes zu tun, als sich auf uns fallen zu lassen, aber er machte uns nicht angst.
Er ging zu Floricica und faßte sie um die Taille. Sie ließ sich wie eine Feder hinwegführen. Kaum, daß ihre Schnürstiefel den weichen grünen Teppich unseres Lagerplatzes berührten. Zusammen machten sie einige Schritte im gleichen vollendeten Rhythmus. Und doch hätte man beim Anblick dieser zarten Burgfrau an der Seite des rauhen Wilderers meinen können, hier habe ein Satyr eine Nymphe verführt.
An dieser Stätte und in diesem Augenblick tat Cosma, das verwegene Gesicht dem Mond zugekehrt und die Arme gegen die Brust gepreßt, das Übermaß seines Glückes kund. Mit einer Stimme, bei deren tiefem Glockenton die Pferde ihre Köpfe hoben, sprach er:
›Warum will dies Herz seine Fesseln sprengen? Warum scheint ihm sein Käfig zu eng? Warum droht das Blut, es zu ersticken?‹ Seine Geliebte bei der Hand fassend, gestand er seine Furcht ein: ›Floricica! Du bist wie ein Abgrund, der des Mannes Begehren verschlingt! Kennst du wenigstens Beständigkeit? Wir werden gleich, noch bei Mondschein, aufbrechen und wenn der Morgen graut unser Lager erreichen. Dreißig prächtige Burschen warten dort ungeduldig auf uns! Sie alle sind vogelfreie Männer, die den Tod nicht fürchten und nur ein Gebot ken-

nen: die Befriedigung ihrer Begierden. Das ist ihr höchstes Lebensziel! Jedem anderen Gesetz, das ihnen dabei im Weg steht, bieten sie Trotz, und sei es um den Preis ihres Lebens. Deshalb nenne ich sie Helden. Noch heldenhafter sind sie in den Augen der Frau – mit ihren faszinierenden Blicken gereizter Stiere, ihrem spitzen Schnurrbart, der einen von weitem zu durchbohren scheint, ihrem wallenden Bart, der so sanft streicheln kann, den strammen Schenkeln und diesem verflixten Beutel unruhiger Samen.‹
Und Cosma forderte das Unmögliche:

›Floricica, kleine Blume,
Jeder Bursche kann dich pflücken!

Aber du, laß dich nicht pflücken ... Ich bin nicht der Herr dieser Männer, ich bin ihr Gott; doch kein Gott hat mehr Macht als das Weib! Und ich will Cosma bleiben und als Cosma sterben. Schwör mir, Floricica, schwöre mir Treue!‹
Floricica brach in triumphierendes Gelächter aus, das wie das Geläut der Schlittenglöckchen im Winter klang; auf dieses Lachen antwortete der Mond, indem er sich mit einem Silberschleier schmückte, ein Bild, das den Sumpf mit Heiterkeit erfüllte.

›Cosma mit dem starken Arm,
Der du an neun Grenzen streitest,

du verlangst vom Donner, in einem Kochtopf loszubrechen? Du verlangst von der Eiche, unter dem Bett zu wachsen? Du forderst von der Erde, dem Pflug zu widerstehen, der sie umbricht? Sich der Saat zu verschließen, die sie befruchtet? Hahaha!‹

Ihre beiden Arme in den weiten Ärmeln entfaltend wie ein auffliegender Schwan seine Flügel, flog sie zum Zelt hin und verschwand darin, während Cosma, der ganz bleich geworden war, schweren Schrittes geradewegs auf Ilie zuging und leise fragte: ›Was sagst du zu der Antwort, die dieses Weib mir gegeben hat?‹

Ilie reckte den Hals und zog die Augenbrauen hoch: ›Ich sage dir, die Frau hat recht, ihre Antwort ist richtig, und du hast sie verdient.‹

Cosma brüllte außer sich: ›Hol dich der Teufel mit deiner Vernunft und deiner Gerechtigkeit! Das ist es nicht, was ich wissen will!‹

›Was denn?‹ erkundigte sich Ilie sehr ruhig.

Seine Wut beherrschend, neigte sich der andere zu seinem Ohr: ›Glaubst du nicht auch, Ilie, daß diese Frau die Schäferin aus dem Kiefernwald ist, der wir vor siebzehn Jahren begegnet sind?‹

›Das kann schon sein, Cosma. Vielleicht ist sie es. Aber ich bin mir dessen nicht sicher. Und dann, was brauchst du das zu wissen? Ist sie wirklich die Schäferin aus dem Kiefernwald, so erinnere dich deines Stolzes in jener Nacht. Und wenn du sie heute nach siebzehn Jahren besser findest, heißt das, daß für die Frau das gleiche gilt wie für ein Pferd: Je länger sie läuft, desto besser wird sie.‹

Cosma versank in Nachdenken, die vergessene Pfeife im Mundwinkel.

Als der Mond im Zenit stand, hatten wir unseren letzten

Rastplatz verlassen und bahnten uns einen Weg durch das Röhricht und das Riedgras, dessen klebrige Blätter uns mit Schleim beschmierten.
Niemand sprach.

Niemand sprach, Herrgott noch mal! Und doch wäre es nötig gewesen. Reden? Nein, sondern brüllen, dreinhauen, plündern, alles kurz und klein schlagen. Damals hätte ein Erdbeben kommen und gähnende Klüfte aufreißen müssen, hätten hühnereigroße Hagelschloßen unsere Köpfe mit Beulen übersäen müssen, hätte eine Häscherschar uns in einem ungleichen Gefecht, mit Wunden bedeckt, in die Flucht schlagen müssen, hätte Donner und Blitz, die Pest oder irgendein anderes Ungemach uns heimsuchen müssen, um das Schweigen zu brechen, in dem Cosma über seinem eigenen Verderben brütete.
Ich argwöhnte natürlich nichts. Ilie ahnte vielleicht etwas und Floricica auch. Aber wir sollten es genau erfahren, sobald die Finsternis schwand und die Morgendämmerung ihr Leichentuch über die Erde und unsere Gesichter warf.
Wir befanden uns gerade oberhalb eines öden Feldes und ritten, der gewundenen Straße folgend, in einer Reihe im Schritt. Floricica schlummerte, in die Arme Cosmas geschmiegt, der sie zu sich aufs Pferd genommen hatte. Sie fröstelte leicht und überließ sich ganz der schaukelnden Bewegung des Reitens, während Cosma, der nichts mehr von der Welt zu wissen schien, wilden Blickes seinen Schatz musterte. Sein fahles, vom Schleim der Riedgras-

blätter fettig glänzendes Gesicht mit den blutunterlaufenen Augen hatte einen verstörten Ausdruck. Bald schaute er auf dieses Antlitz mit den ruhigen Zügen einer Jungfrau, dem stolzen und kecken Näschen, bald auf diesen Leib, dessen anmutige Linien sich unter dem Mantel abzeichneten und durch die Erschütterungen sanft bewegten.

Plötzlich aber brachte Cosma sein Pferd zum Stehen und ließ seine kostbare Last fahren; Floricica glitt wie ein Kissen auf die Knie ihres Geliebten nieder. Ihre offenen Augen lächelten. Das Haar hing zur Erde herab. Schultern, Brüste und Schenkel waren nur noch eine zauberhafte Harmonie.

Cosma betrachtete diesen ganzen Reichtum und rief aus: ›Wie? Das da ist ein Acker, der sich von allen Pflügen umbrechen, von jeder Saat befruchten ließ? Und ich, Cosma, der dies alles für sich allein haben will, muß das anhören, ohne daß ich davoneile, um die Hände abzuhakken, die sich an meinem Eigentum vergriffen haben!‹

Floricica verschränkte die Arme hinter dem Kopf und sagte mit sanfter Geringschätzung: ›Ja, Cosma ... Du mußt das alles anhören und dies dazu: Unberührtes Brachland wird von niemandem geachtet, nicht einmal von dir.‹

Und schlangengleich emporschnellend, schwang sie sich vom Pferd. Ilie und ich folgten ihrem Beispiel.

Cosma gab keinen Laut von sich, aber das Blut stieg ihm zu Kopf: Floricica hatte mit ihrer Erwiderung das Rechte getroffen. Das konnte er nicht hinnehmen, ohne vor Zorn jemanden zu zermalmen. Und da die Schultern der Frau zu schwach waren, eine solche Last zu tragen, mußte er selbst herhalten. Bevor wir uns darüber klar geworden waren, worum es ging, hatte er sich zur Erde gleiten lassen, unter sein Pferd gelegt, mit seinen starken Händen einen der beschlagenen Hufe gefaßt und ihn sich auf die Brust gesetzt. Im selben Augenblick gab er dem Tier einen Fußtritt in den Bauch; dieses stieß, an solche Grausamkeit nicht gewöhnt, ein lautes Gewieher aus und sprang über den Körper seines Herrn hinweg.

Erschrocken eilten wir Cosma zu Hilfe. Er hatte ein wachsbleiches Gesicht, Blut stürzte ihm aus Nase und Mund. Aber seine Augen blickten sanft und friedlich. Auf die Schreie Floricicas wollte er etwas antworten; ein Strom von Blut hinderte ihn daran. Sachte senkten sich seine Augenlider, er wurde ohnmächtig.

Wir hielten ihn für tot und trugen ihn auf das Feld, wo wir sogleich bemerkten, daß er noch atmete, ihm das blutverschmierte Gesicht wuschen und ihn wieder zu Bewußtsein brachten.

Floricica, die ein wenig blaß war, bettete seinen Kopf auf ihren Schoß, strich ihm das verklebte Haar aus der Stirn, küßte ihn zärtlich und sagte: ›Mein Freund ... Mein Freund ... Sei wieder gut! Sei nicht so ungerecht! Fordere doch vom Leben nicht, was es uns nicht geben kann.‹

Cosma röchelte: ›Ich pfeife auf gerecht und ungerecht ...

und auf das, was das Leben uns gibt . . . und auf das, was es uns nicht gibt. Hier in meiner Brust ist das ganze Leben. Was mein Herz will, das will ich auch, und koste es selbst dieses Leben. Jetzt aber will ich die Hände abhacken, die mein Eigentum beschmutzt haben . . . Und ich werde sie abhacken.‹

Bei diesen Worten bekam sein bleiches Gesicht wieder Farbe. Wie poliertes Kupfer flammte es auf, als es die plötzlich hervorbrechenden rötlichen Strahlen der Sonne trafen, die eben am Horizont aufging. Cosma hielt seine weit geöffneten Augen auf die leuchtende Scheibe genau vor sich gerichtet, die zusehends höher ins Unendliche hinauf stieg. Dann warf er, seiner Wunden nicht achtend, mit einer gewaltigen Anstrengung den Oberkörper nach vorn, spie sein Blut gegen das Gestirn und schleuderte ihm voll Wut die Worte zu: ›Das ist für den, der dich erschaffen hat, dich . . . und mich . . . und die Erde . . . und . . .‹

Jäh hielt er inne, schloß den Mund, wie um zu lauschen, doch das hervorstürzende Blut riß ihn wieder auf und ergoß sich über die Brust.

Mit offenen Augen, die seinen ganzen Haß gegen das Leben herausschrien, fiel Cosma auf Floricicas Schoß zurück. Niemand von uns wagte, ihm zu Hilfe zu kommen. Ilie nahm mich beim Arm und zog mich auf das Brachland hinüber.

›Führst du mich weg, damit ich nicht sehe, wie er stirbt?‹ fragte ich Ilie, als wir uns ein Stück entfernt hatten. Er verfolgte mit dem Blick den majestätischen Flug eines großen Aasgeiers.

›Ich glaube nicht, daß er an dieser Verletzung stirbt; Cosma ist ein Mann mit sieben Leben. Aber ich denke, er wird bald sterben, morgen, in einer Woche oder in einem Monat, denn er hat einen Wurm zuviel in seinem Schädel, und der wird ihn zugrunde richten. Das ist eine Krankheit, die keinen Pardon kennt. Ich will dir sagen, wie sich's damit verhält. Im Herzen eines jeden Menschen schläft ein Nagewurm. Bei einem laschen und nachgiebigen wacht er niemals oder selten auf, und dann auch nur, um zu gähnen und wieder einzuschlafen. So ist es bei dem Mann, der zehnmal am Tag gegen denselben Stein stößt, sich ärgert, flucht, ihn aber nicht wegräumt, oder der sich, wenn seine Tür in den Angeln quietscht, damit begnügt zu sagen: »Oh, diese verdammte Tür!«, ohne daß er sich die Mühe macht, sie zu ölen. Gott erschuf, wer weiß, warum, den Menschen am Ende der Woche, als er schon ganz müde war von den vielen wunderbaren Werken, die er vorher vollbracht hatte. Aber der Teufel, der während dieser sechs Tage nur herumgebummelt und den Schöpfer bekrittelt hatte, nutzte den Sonntag aus und setzte dem Menschen einen zweiten Wurm in den Kopf, den, der ihn wie ein Dämon zur Raserei bringt, wenn etwas nicht nach seinem Geschmack ist oder wenn ihn etwas verdrießt. Sicher, in der Nacht, die auf den Sonnabend folgte, hatte der normale Mensch Zeit, die Erde mit Dummköpfen zu bevölkern, deshalb sieht man auch so viele, die sich alles gefallen lassen. Trotzdem, Leute, in deren Schädel ein Wurm zuviel saß, kamen noch zahlreich genug zur Welt, um das Unterste zuoberst zu kehren und den göttlichen Frieden zu stören. Das ging so weit, daß der heilige Petrus sich eines Tages beim Schöpfer beklagte. »Herr«, sagte er, »mein Hirt ist nicht wie deiner ein guter Kerl, ruhig, brav und fügsam. Der meinige ist ein Radaubruder; verirrt sich ein Schaf, dann bricht er mit allen Hunden auf, um es zu suchen, und überläßt die Herde auf Gnade oder Ungnade den Wölfen; wenn der Käse ein bißchen zu scharf ist, wirft er ihn mir ins Gesicht; und wegen eines Flohs, der ihn nachts beißt, gerät er ganz aus dem Häuschen und läßt mich nicht mehr schlafen. Herr, ich bin recht ärgerlich!« Der Schöpfer nahm seinen Stock und machte sich, von seinem Ratgeber begleitet, unverzüglich auf den Weg. Als sie auf der Weide ankamen, schlief der Schäfer des Höchsten mit offenem Mund; er wachte auf und grüßte respektvoll. Der Allmächtige gab ihm seinen Segen. Sankt Peters Hirt aber saß auf einem Hügel und spielte so leidenschaftlich Flöte, daß selbst Gott zuhören mußte; dann tippte er ihm auf die Schulter. »Sag mal, mein Freund, warum läßt du um eines verirrten Schafes willen die Herde ohne Hüter.« – »Weil sich immer eins von denen verirrt, die ich am liebsten habe«, antwortete der Gefragte ohne jede Ehrerbietung, was Gott sehr mißfiel. »Mein Sohn, du bist hier, um zu dienen. Lieben oder hassen ist nicht Sache des Knechtes!« Der andere geriet in Zorn. »Was soll denn das heißen? Bin ich denn nicht zuallererst ein Mensch?« Dabei sah er den Herrn so anmaßend an, daß dieser ihn in einen tiefen Schlaf versenkte. Dann untersuchte er seinen Schädel und rief aus: »Dachte ich mir's doch! Das ist Satans Werk: in diesem Kopf sitzt ein Wurm!« Und er nahm ihn heraus. Der Schäfer erwachte als guter Kerl, ruhig, brav und fügsam. Er bat die Besucher um Verzeihung dafür, daß sie ihn schlafend angetroffen hatten, grüßte respektvoll, dachte nicht mehr an die Flöte und empfand gerade nur so viel Liebe oder Haß, wie es sich für einen Knecht geziemt.

Dieser zusätzliche Wurm Cosmas macht sein ganzes Leben aus. Wenn ich Gott wäre, so würde ich ihm den nicht nehmen. Aber er wird sterben ... Sein Dämon, den diese Frau wachrief, wird ihn schließlich töten. Wenn, um ihn zu retten, nichts weiter nötig wäre, als die zwei Herrenhände abzuhacken, die sich an seinem Eigentum vergriffen haben, würde ich ihm gern helfen ...‹

Ilie behielt für sich, was er weiter dachte. Ich wußte nicht mehr, was ich glauben sollte ... Nur daß Cosma sehr krank war und sterben würde, begriff ich. Das bereitete mir großen Schmerz.

Wir befanden uns in der Gegend zwischen Cernavodă und Călăraşi, kaum eine Meile von dem Wald entfernt, wo unsere tapferen Gefährten lagerten. Sie warteten ungeduldig auf ihre beiden Anführer, die mutig fortgezogen waren, um mich ganz allein zu befreien, und sie wußten nicht, ob wir überhaupt noch lebten.

Ohne den plötzlichen Zornesausbruch Cosmas, durch des-

sen Folgen wir auf dieser offenen Hochebene festgehalten wurden, hätten wir jetzt schon bei unseren Freunden sein können.
Was sollte nun aus uns werden? Der Platz war gefährlich. Nicht weit von uns führte eine Landstraße vorbei, die sich durch den ganzen Distrikt zog, und jeden Augenblick konnten wir überrascht werden, zumal der Fährübergang, der bei Cernavodă über die Donau führte, nur eineinhalb Meilen von uns entfernt lag.
Mich packte Angst... Ich blickte Ilie an: er grübelte. Seine sonst so klare Stirn war von Falten zerfurcht. Alles an ihm, selbst sein eigenwilliger, gemessener Gang, schien nachzudenken. Der Mantel, der ihm bis zu den Knöcheln reichte, verlieh ihm die Würde eines echten Mönchs. Es herrschte eine beklemmende Stille, kein Vogel war zu sehen. Die Hochebene lag schweigend wie ein Friedhof da. Nur einige spärliche Disteln, erbärmlich anzusehen, hielten mühsam ihre Köpfe aufrecht, und ein paar sandige Hügel, die seit Anbeginn der Welt über dieser Wüstenei wachen mochten, belebten durch ihre Anwesenheit die Öde ein wenig.
Ilie wandte sich bei seinem düsteren Spaziergang einer dieser Anhöhen zu, und wir stiegen hinauf. Dort oben zog er, den Blick auf Cosma und Floricica geheftet, die – kaum mehr sichtbar – noch immer auf der Erde saßen, seine Büchse unter dem Mantel hervor und sagte: ›Wir wollen doch mal sehen, wie krank Cosma ist.‹
Und da schoß er auch schon. Im nächsten Augenblick war Cosma auf den Beinen, das Gesicht uns zugekehrt und die

Arme zum Himmel erhoben, was stets bedeutete: Ist eine Gefahr im Anzug?
Ilie faßte die Flinte beim Lauf und beschrieb über seinem Kopf Kreise in der Luft, was ›nichts Beunruhigendes!‹ heißen sollte. Dann glättete sich seine Stirn.
›Ha! Das ist gut! Wenn ihn seine Beine nur wieder tragen!‹
Wir kletterten hinunter. Er zeigte mir alten Schafmist.
›Nicht weit von hier müssen Herden weiden. Wir werden uns ein kleines Lamm besorgen.‹
Tatsächlich gab am Rand des Plateaus eine große sumpfige Wiese voller Weidenbüsche unzähligen Schafen Nahrung. Als wir uns näherten, liefen schreckliche Hunde herbei und sprangen uns an. Mit einem einzigen Ruf holte sie der Hirt zu sich zurück, sie streckten sich folgsam zu seinen Füßen aus und klopften mit ihren Schwänzen auf den Boden. Der Mann hatte die Statur eines Zwerges, war braungebrannt und trug einen dichten Bart. Die Schaffellmütze hatte er sich über die Augenbrauen gezogen, ein langer, zottiger Pelz hüllte ihn ganz ein. Stehend, das Kinn auf seinen dicken Stab gestützt, erwartete er uns. Man konnte nicht erkennen, ob er bewaffnet war oder nicht, aber der feste Wille dieses Gesichts, das ein erfahrungsreiches Leben geformt hatte, die ruhige Haltung und vor allem diese kleinen schwarzen Augen, die uns von weitem mit durchdringenden Blicken musterten, mußten jedem, der menschliche Schönheit achtet, Ehrfurcht einflößen. Nur ein Feigling kann einen solchen Mann niederschlagen, und dann läßt sein Sturz die ganze Erde erbeben.
Zehn Schritte vor ihm blieb Ilie stehen.

›Einen guten Tag wünschen wir dir, Schäfer, wir kommen als Freunde.‹

›Seid willkommen, Wanderer. Mögen eure Absichten genauso freundlich sein wie eure Rede!‹

›Unsere Absichten sind vor allem, zu erfahren, ob du der Herr dieser Herde bist oder der Knecht.‹

›Ich bin Herr meines Willens. Durch diese Herde kann ich in Freiheit leben.‹

›Wenn dem so ist, sage uns, wieviel wir für ein Lamm bezahlen müssen, das den Hunger von vier kräftigen Männern zu stillen vermag!‹

›Geld, meine Lieben, macht keine ehrlichen Leute. Sucht euch eins aus! Weil es nur für den Hunger ist, nehmt eins mit häßlichem Fell. Eßt es bei guter Gesundheit und gedenkt meiner dabei mit Dankbarkeit.‹

Die Sonne hatte an der Himmelskuppel mehr als ein Viertel ihres Weges zurückgelegt, als wir, Ilie mit dem Lamm unterm Arm und ich, wieder zu Cosma und Floricica kamen. Sie hatten ein Zelt aufgeschlagen und lagen schweigend in seinem Schatten. Die Pferde, denen wir das Gepäck abgenommen hatten, grasten. Auf den Flecken geronnenen Blutes hatten sich grüne Fliegen niedergelassen. Ilie warf Erde darauf, dann ging er, ohne ein Wort zu sagen, tief in das Dornengebüsch hinein; ziemlich spät kam er wieder zurück, und er brachte uns das gebratene, ganz mit Asche und verkohlten Holzstückchen bedeckte Lamm.

Wir hatten kein Brot mehr und kaum noch eine halbe

Kürbisflasche Wein. Ilie breitete ein Tuch auf der Erde aus und zerlegte den Braten. Floricica näherte sich und ließ sich in den Türkensitz nieder; sie war offensichtlich hungrig. Cosma tat dasselbe, aber ohne Schwung, mechanisch und teilnahmslos: er war mit seinen Gedanken in weiter Ferne. Ilie holte ihn zu uns zurück.

Während er die Mütze abnahm, sagte er – und aus seinem schmalen Antlitz sprach die Glaubenszuversicht eines Apostels: ›Unterwerfen wir uns den Gesetzen, Freunde, die keines Menschen Werk sind ...‹

Cosma fuhr dazwischen: ›Ich unterwerfe mich nicht!‹

›... und nehmen wir sie als unumstößlich hin ...‹

›Ich nehme nichts hin!‹

Ilie war bestürzt. Doch er übte Nachsicht, weil er Cosma nicht noch mehr reizen wollte, und begann als erster zu essen. Als wir alle mit unserer Mahlzeit fertig waren, hatte Cosma noch keine drei Stück Fleisch zum Munde geführt und noch nicht dreimal getrunken. Ihn selbst beunruhigte das zuerst.

›Bruder Ilie, ich bin in das Jahr des Todes eingetreten ... Solange ich mich erinnern kann, vermochte mir Zorn noch nie den Appetit zu verschlagen. Bruder Ilie, was meinst du dazu?‹

Ilie sah ihm fest in die Augen.

›Bruder Cosma, ich denke, daß du sterben wirst ...‹

Nun war Cosma bestürzt, aber er gab sich einen Ruck.

›Nicht wahr, Ilie, ich werde sterben? Und Floricica ist es, die mich tötet.‹

Die Frau begehrte auf.

›Ich liebe dich doch, Cosma! Ich habe dich immer geliebt.‹

Cosma wiederholte: ›Du hast mich immer geliebt . . . Und kommst zu mir als Schuldige!‹

›Was hast denn du mit denen gemacht, Cosma, die unschuldig zu dir kamen?‹

›Ich hatte sie am nächsten Tag schon vergessen. Aber dafür kann ich nichts, das ist Gottes Sache, an ihm ist es, die Ungerechtigkeiten des Mannes zu erklären, denn er hat ihm den Sack gegeben, der sich vor Verlangen nicht zu lassen weiß, und er hat ihm auch die Vorliebe dafür eingeflößt, immer an Quellen zu trinken, von deren Wasser noch niemand gekostet hat.‹

Ilie riß die Augen auf und trat dazwischen.

›Wahrhaftig, Cosma! Wenn Gott gerecht ist, muß ihm diese Angelegenheit peinlich sein. Ich nehme dich so, wie du bist, samt deiner Verrücktheit. Und wenn ein Racheakt, möge er unser auch nicht würdig sein, genügt, dich dem Tod zu entreißen, dann leihe ich dir augenblicklich meinen Arm. Sag mir, wem zürnst du?‹

›Gott! Der ganzen Welt!‹

›Aber wir können uns doch nicht mit Gott und der Welt schlagen! Und wenn Floricica der Grund für deinen Kummer ist, so hat sie keine Schuld daran.‹

›Ich habe Cosma nichts Böses getan‹, beklagte sich Floricica. ›Anderen ja, wie dem Archonten Samurakis, den ihr bei lebendigem Leibe verbrannt habt . . .‹

›Um so besser!‹ knirschte Cosma.

›Oder dem Pascha von Silistra . . .‹

›Dem Pascha von Silistra? Dieser Hund hat dich besudelt? Und ich esse hier ruhig Lammbraten, anstatt auf der Stelle zu ihm zu gehen, um ihm die Ohren abzuhauen!‹
Bei diesen Worten sprang Cosma auf, und dann geschah etwas, wobei es mir plötzlich wie Schuppen von den Augen fiel.
Wir standen alle. Totenblaß legte mir Cosma die Hand auf die Schulter und sagte: ›Irimio, ich habe Kummer, man hat mich beleidigt, mein Schmerz gleicht dem eines Spielers, der sein ganzes Vermögen verloren hat und vor dem Ruin steht. Bist du großmütig? Willst du mir wie Ilie deinen jungen Arm zu einer gemeinen Tat leihen? Sie ist gemein, mein Junge, aber vielleicht bringt sie mir Erleichterung. Ich will dem Pascha von Silistra aus meiner Flinte Blei in die Kehle gießen! Komm mit und steh mir bei! Du bist mein Sohn, du verdankst mir Leben und Freiheit.‹
Da sprang Floricica zwischen uns wie eine Tigerin und trennte uns ungestüm.
›Lüge!‹ brüllte sie, während ihr die Augen fast aus den Höhlen traten. ›Lüge! Mir verdankt er Leben und Freiheit! Er ist die Frucht der Illusion und muß sein Leben einem Traum weihen: ich bin seine Mutter!‹
Wie von einem elektrischen Schlag getroffen, machten wir alle drei einen Satz nach hinten, während Floricica aufrecht wie eine Richterin vor uns stand.
Aufgeregt fragte Cosma sie, wobei er sich mit der Hand übers Gesicht fuhr: ›Wer bist du, rätselhafte Frau? Bist du vielleicht die kleine Schäferin aus dem Kiefernwald? Bist du die Unbekannte, die mit dem Kind in den Ar-

men auftauchte, es an meinem Weg niederlegte und verschwand?‹

Floricica kreuzte die Arme über der Brust und antwortete mit tränenerstickter Stimme, die mir das Herz zerriß und mich an ihren nächtlichen Besuch in meiner traurigen Hütte beim Archonten erinnerte: ›Ich bin die, die das vollkommene Glück ersehnt hat, die mit offenen Augen unter der Sonne träumen wollte und von ihrer Glut geblendet ward! Du, Cosma, warst in einer Traumnacht für kurze Zeit meine Sonne, und du hast mich auch gelehrt, im Leben klarzusehen. Seitdem habe ich meinen Weg gemacht, bin meinen Leidensweg gegangen und kehre reiner denn je zu dir zurück. Ich will nicht mehr alles Glück für mich allein. Ach, du hast nicht dasselbe erlebt wie ich, du kennst kein Mitleid. Ungerechtigkeit bringt dich nur auf, wenn sie dir selbst widerfährt, und um eine deiner Begierden zu befriedigen, würdest du die Erde zermalmen. Aber ich will dir beweisen, Cosma, daß du noch immer mein Idol bist: du hoffst, ein schändlicher Racheakt werde den Groll besänftigen, der an deinem Herzen frißt, und willst deine Hände, die bestimmt sind, Ketten zu zerreißen, in schimpflicher Weise mit Blut beflecken; noch mehr, du beabsichtigst, aus Irimio einen gemeinen Mörder zu machen, wo doch sein Herz nur den Aufruhr gerechter Empörung kennen sollte. Trotzdem erbiete ich mich, euch zum Pascha von Silistra zu führen, aber unter der Bedingung, daß ihr mir gehorcht. Schwört mir Gehorsam!‹

›Gehorsam!‹ rief Cosma aus und senkte den Kopf. ›Ja, Floricica, ich werde dir gehorchen, ich, der ich stets nur meinem Willen gefolgt bin. Aber das ist für mich ein weiterer Beweis, daß ich in das Jahr des Todes eingetreten bin. Cosma ist nicht mehr Cosma, sobald er sich unterordnet.‹

Die Frau muß in ihren Röcken ein geheimnisvolles Etwas verbergen, das bei der Erschaffung der Welt die erste Rolle spielte.

Dieser Gedanke kam mir, als ich Floricica betrachtete, die an der Seite Cosmas ritt, während Ilie und ich dicht hinter ihnen folgten. Sie saß wie ein Mann zu Pferd. Ihr weiter Rock behinderte sie kaum auf dem Herrensattel, aber ihre Beine in den Strümpfen aus Rohseide waren bis zum Knie sichtbar – Beine, die einem lebensüberdrüssigen Eremiten den Kopf hätten verdrehen können. Sie saß kerzengerade, und ihr Oberkörper, der es in der ärmellosen, engen Bluse bequem hatte, paßte sich anmutig dem Schritt des Tieres an, während sie den Kopf unablässig hin und her wandte, um auf der weiten Hochebene in die Runde zu spähen. Und da fragte ich mich, wo dieser Wille, den sie uns, die wir ihr Gehorsam gelobt hatten, aufzwang, seinen Sitz haben mochte: in diesem zerbrechlichen Köpfchen oder in den geheimnisvollen Röcken, die den Rücken ihres Renners ganz verdeckten?

Neben ihr erschien mir die massige Gestalt Cosmas, der nicht mehr die Befehlsgewalt innehatte, schwer und träge. Ilie – der hatte nichts verloren und nichts gewonnen. Aber seltsam war es doch, daß sich Cosmas Wille und Ilies Vernunft mit einem Schlag dieser Frau gebeugt hatten.

Und sie nannte sich meine Mutter! Und Cosma war mein Vater! Und nun wollten beide eine Sache bereinigen, die ich nicht ganz verstand: den Pascha von Silistra zur Rechenschaft ziehen, weil er Floricica vor Cosma geliebt hatte oder nach ihm, genau wußte ich das nicht! Wo war die Schuld dieses Paschas, wo Cosmas Recht? Und warum ließen wir unsere Gefährten angstvoll auf uns warten? Wie rätselhaft und traurig das alles anmutete!
Doch war ich nicht mehr so bedrückt, seit ich wußte, daß Cosma sich unterworfen hatte, denn er begann mir angst zu machen. Auch Ilie schien zufrieden. Unsere Unternehmung konnte also nicht allzu tragisch sein, und die Aussicht, einen echten Pascha kennenzulernen, nachdem ich schon mit einem Archonten das Vergnügen gehabt hatte, machte mir Spaß.

Um nach Silistra zu gelangen, mußte man mit einer Fähre über die Donau setzen. Floricica lenkte unseren kleinen Reitertrupp auf die verkehrsreiche große Chaussee zu, anstatt den einsameren Landweg einzuschlagen, und auf Cosmas Bemerkung, daß das gefährlich sei, antwortete unser Hauptmann im Weiberrock mit einer Schnurre: ›Es wäre klug und vorsichtig, einen verborgenen Pfad zu wählen; aber wenn wir auf dieser offenen Hochebene, wo man eine Meile weit sehen kann, wie sich eine Feldmaus den Schnurrbart streicht, den Landweg nähmen, würden wir uns verstecken wie der Vogel Strauß und die Aufmerksamkeit der Patrouillen auf uns ziehen. Da ist es schon besser, sich auf die Straße der Leute zu wagen, die sich makellos dünken, und auf jenes »Gramm Glück« zu vertrauen, das manchmal Wunder tut. Kennt ihr die Geschichte?‹

Wir kannten sie nicht.

›Man sieht‹, sagte sie, ›daß ihr in keiner Schule wart. Ich will sie euch erzählen. Zwei Männer wanderten zusammen einen Feldweg entlang. Einer von ihnen besaß eine Tonne Klugheit, der andere ein Gramm Glück. Die Nacht überraschte sie zwischen zwei Dörfern, und da es Sommer war, beschlossen sie, unter freiem Himmel zu schlafen. Ohne viel zu überlegen, zog sich der mit dem Gramm Glück den Mantel über den Kopf und legte sich mitten auf die Straße. Der andere, der eine Tonne Klugheit hatte, besann sich: Es könnte ein Wagen kommen und mich überfahren. Und er warf sich auf dem Feld neben dem Weg ins Gras. Spätnachts rollte eine zweispännige Kutsche heran. Die Pferde scheuten vor dem schwarzen Fleck mitten auf der Straße, sprangen zur Seite und traten den, der auf dem Feld schlief, tot. »Ein Fingerhut voll Glück ist mehr wert als ein Wagen voll Klugheit«, sagt ein rumänisches Sprichwort. Darauf müssen auch wir uns verlassen, wenn wir zur Fähre gelangen wollen. Nützt uns das Quentchen Glück nichts, dann bleiben uns ja wie immer das Blei unserer Büchsen und die Beine unserer Pferde.‹

Glücklicherweise brauchten wir weder das Gramm noch die Tonne, uns stieß nichts zu, aber es empörte mich, daß wir uns in ein Abenteuer einließen, bei dem wir auf so ungünstigem Gelände mit zahlreichen Patrouillen ins

Handgemenge kommen konnten. Und warum das alles, du guter Gott? Wir alle liebten Cosma – was zum Teufel war in ihn gefahren? Was hatte er nur mit diesem Pascha?
Ich fragte Ilie danach. Er antwortete mir: ›Cosma ist in das Jahr seines Todes eingetreten. Er verlangt von der Sonne, daß sie auf ihrer Bahn rückwärts wandelt und ungeschehen macht, was sie bewirkt hat. Das ist unmöglich. Und Cosma wird sterben. Aber wir dürfen ihm nichts verweigern, selbst dann nicht, wenn wir unser Leben für eine Narretei aufs Spiel setzen sollen, denn du mußt wissen, Irimio, daß die Narrheit im menschlichen Dasein eine größere Rolle spielt als die Weisheit.‹
Mit dieser Antwort von Ilie war ich ganz und gar nicht zufrieden, und die Aussicht, einen echten Pascha zu sehen, machte mir keinen Spaß mehr, sobald es darum ging, es mit den Patrouillen aufzunehmen. Eben war ich einer Sklaverei entronnen, und vielleicht erwartete mich jenseits der Donau eine andere, vielleicht sogar der Tod.
Ich begann zu schmollen. Cosma bemerkte es bald; er erriet auch den Grund, und obwohl es schmerzlich für ihn sein mußte, benahm er sich tapfer wie ein Held. Er hielt an, kam zu mir heran und sagte mit einer Seelenruhe, die mir das Blut erstarren ließ: ›Gerade erst in der letzten Nacht habe ich dir erklärt, daß wir in großer Freude und ebenso in großem Unglück einsam bleiben, niemand kann da mit uns fühlen. Du siehst also, daß ich recht hatte. Jetzt ist mir das ärgste Leid widerfahren, und ich bin allein. Nun denn, meine Freunde, ich zwinge niemanden, mir in meiner Narrheit zu folgen. Begebt euch alle drei zu unse-

rer Truppe. Ilie kennt den Weg. Ich aber werde dahin gehen, wohin mich die Not meines Herzens treibt, allein mit meinem Pferd, meinen beiden Flinten, meinen vier Pistolen, meinem Krummsäbel, meinem Hemd und meinem Schicksal ...‹

Ich ließ ihn nicht ausreden, fiel ihm um den Hals und küßte ihn. Er blieb gleichgültig, ja kalt bei meinem Gefühlsausbruch und den Worten der anderen, die ihn ihrer Ergebenheit versicherten. Aber er verließ uns wenigstens nicht. Und wir machten uns wieder auf den Weg.

Als wir uns dem Rand der Hochebene näherten, erschien plötzlich die Donau vor unseren Augen; grau und einsam lag sie mit ihren buschigen Ufern dort unten in weiter Ferne – ein Freund des freien Mannes.

Bei ihrem Anblick richtete sich Cosma in den Steigbügeln auf und begann, mit seiner klangvollen, männlichen, aber vom Schmerz gebrochenen Stimme das Lied des Freischärlers zu singen:

›Hol über, Fährmann, hol über!
Bring mich zu dem Herrn hinüber,
Der von allem das Beste hat.
Einsam wie der Kuckuck ist dieser Nimmersatt,
Ich aber bin jung und ein Rebell.
Bring deine Fähre schnell heran,
Sonst bist du gleich ein toter Mann!‹

Kaum war er mit seinem Gesang zu Ende, als eine Kutsche aus dem schattigen Tal auftauchte und sich anschickte, den steilen Weg hinaufzufahren, den wir hinunterritten.

Wir waren beunruhigt, gewahrten aber sogleich, daß nur ein Mann in der Kalesche saß und sie selbst lenkte, ein Edler des Landes, der nach westlicher Mode gekleidet war: Zylinder, hoher, von einer Krawatte zusammengehaltener Stehkragen, Gehrock mit dazu passenden Hosen und Stiefel. Er war über der Oberlippe rasiert und trug einen Backenbart.

Floricica sagte: ›Habt keine Sorge, ich kenne ihn, es ist ein Freund ...‹

Cosma fuhr auf: ›Was? Ein Freund von dir, diese Vogelscheuche?‹

Der Edelmann näherte sich, zog schon von weitem den Hut, blieb stehen und begrüßte Floricica in überaus gepflegtem Rumänisch: ›Meine ehrerbietigste Huldigung, gnädige Frau!‹ Und da ihm Floricica die Hand reichte, küßte er sie ihr, wobei Cosma seinem Pferd die Sporen tief in die Weichen stieß, daß es sich aufbäumte.

›Sind Sie schon seit langem wieder aus Konstantinopel zurück? Man hat Sie hier sehr vermißt.‹

›Ach?‹ rief sie kokett. ›Fehlte es Ihnen an Frauen?‹

›An Frauen? Nein, gewiß nicht, aber an geistvollen Frauen!‹ Dann maß er uns mit dem Blick eines Herrn und fragte: ›Wie kommen Sie denn zu dieser Gesellschaft?‹

›Das sind Waldhüter, die ich gerade angeworben habe.‹

›Hm, man sollte meinen, daß es Räuber seien! Mein Gott, ja Waldhüter sind ebenso wie die Banditen bärtig, tragen Waffen und waschen sich selten. Apropos Banditen, haben Sie schon gehört, wie verheerend der Freischärler Cosma im Lande wütet? Da blutet einem das Herz, aber die

Unseren sind auch im Unrecht, sie treiben Raub und Ausbeutung so weit, daß es nicht mehr zu ertragen ist.‹ Damit küßte er Floricica aufs neue die Hand, verbeugte sich sehr tief vor ihr und fuhr, seine Pferde im Schritt gehen lassend, weiter.

Aber Cosma setzte seinen Weg nicht fort. Da wurden wir gewahr, daß er sich während dieser kurzen Unterhaltung ein Ende seines Schnurrbarts bis auf die Lippe abgenagt hatte, doch er gab keinen Laut von sich, blieb ruhig und spähte aus dem Augenwinkel nach dem sich entfernenden Bojaren. Als dieser etwa fünfzig Schritt weit gekommen war, legte er auf ihn an, und schneller, als man es erzählen kann, schoß er ihn hinterrücks nieder. Der Mann stürzte zu Boden; die Kalesche jagte querfeldein davon.
Und Cosma beschloß seine Tat mit den Worten: ›Das wird dich lehren, Schmutzfink, Frauen die Hand zu küssen, wenn sie sich in Gesellschaft von Männern befinden, »die sich selten waschen«...‹ Und sich zu Floricica umdrehend: ›Du hast mit diesem Wicht geschlafen? Schockschwerenot! Ich werde zu tun haben, wenn ich bis nach Stambul gehen soll, um sie alle zu suchen und umzubringen!‹ Dann zu mir: ›Los, Irimio, wenn er noch nicht verreckt ist, gib ihm mit deiner Pistole den Rest.‹
Ich ging hin und kehrte gleich wieder zurück: er war tot, lag dort mit zerschmettertem Schädel.
Floricica sagte: ›Ich achte dich nicht mehr, Cosma, obwohl ich dich noch immer liebe; du hast mir Gehorsam versprochen, und du...‹

›Und ich habe es vergessen – weil ich das nicht gewohnt bin . . .‹

›Ja, du hast einen der besten Menschen getötet, die ich kenne. Er hatte nur einen Fehler, nämlich den, als Reicher zur Welt gekommen zu sein und mit allen Reichen seiner Zeit zu glauben, die Ungleichheit unter den Menschen sei gottgewollt. Aber im Unterschied zu den anderen hatte er die Sklaverei auf seinen Gütern abgeschafft und Krankenhäuser gebaut . . .‹

Gereizt fiel ihr Cosma ins Wort: ›Ja, er hat dem Menschen die Haut abgezogen und ihm ein Hemd angeboten . . . Und außerdem ist mir das ganz egal . . . Das ist es nicht, was mir so zusetzt . . .‹ Nach einem langen, peinlichen Schweigen: ›Wir können nicht mehr zum Pascha von Silistra reiten. Ich gedachte, ihn zu strafen, weil ich glaubte, er sei dein einziger Liebhaber gewesen. Aber du hast sie zu Dutzenden gehabt, und zwar von hier bis nach Petersburg. Was nun? »Fang den Blinden und stich ihm die Augen aus!« Nein. Da will ich lieber ins Lager zurückkehren. Dort werde ich sehen . . . Das heißt, nichts werde ich sehen, sondern ich werde mich von dem Kummer, der mir am Herzen frißt, treiben lassen.‹

Wir langten im Lager an, als der Tag sich neigte, und auf der Stelle vergaß ich Cosma, seinen Kummer und meinen Groll, um mich voll Begeisterung einer Natur, die der Mensch noch nicht herabgewürdigt hatte, in die weit geöffneten Arme zu werfen.

Es gab hier alte Weiden, so dick wie Tonnen, in deren hohlen Stämmen zwei aufrecht stehende Männer Platz finden konnten. Hunderte kleiner Kanäle – lebenspendende Adern der großzügigen Donau – zogen sich über Dutzende von Kilometern nach allen Richtungen hin und machten ein Sumpfland fruchtbar, das niemand zu besitzen begehrte und in dem saftstrotzende Wasserpflanzen unbehindert gedeihen konnten. Fische, Vögel, Insekten lebten in Frieden trotz der Wölfe und Füchse, freuten sich ihres Daseins und achteten des Schöpfers Werk.
Nur der Mensch, das wildeste aller Tiere der Erde, sät, wo er vorüberzieht, Tod, Elend und Sklaverei, selbst dort, wo uns bei so wenig Mühe und noch weniger Verbrechen so viel Genuß erwartet.

Ich fand unsere Kameraden etwas gealtert, sie fanden mich groß und schön.
Inmitten einer abgelegenen, weitläufigen Insel hatten sie, sechs Wegstunden von der letzten menschlichen Behausung entfernt, ein kleines Dorf gegründet; durch die Wachtposten von unserer Ankunft benachrichtigt, begrüßten sie uns mit drei Salven, die jeweils aus zehn Büchsen gleichzeitig abgegeben wurden, und riefen: ›Es lebe unser mutiger Hauptmann und seine schöne Gefährtin! Es lebe Ilie der Weise und Irimio der Tapfere, die wir tot glaubten!‹
Dabei mußte ich ein wenig lachen, denn wie ein Wassertropfen einem anderen gleicht, glich diese Huldigung, obwohl sie aufrichtiger war, jener, die ich am Hof des

Archonten miterlebt hatte, als dieser mit Floricica aus Konstantinopel zurückkehrte. Ich dachte: Die Menschen haben, ob sie nun Freie oder Sklaven sind, so ziemlich dieselben Gewohnheiten und Gefühle. Hol sie der Teufel! Darauf begann ich wie ein Kalb umherzuspringen, und ich geriet ganz aus dem Häuschen vor Begeisterung. Grund genug dazu gab es.
Auf einer etwas erhöhten, gereinigten Fläche waren überall solide befestigte Zelte aufgeschlagen, in denen sich nur eine Lagerstatt aus Schilf und Heu sowie eine Decke befanden. Alle anderen Sachen einschließlich der Waffen waren in den hohlen Weidenstämmen untergebracht, wo sie wie in Schränken aufgehängt waren. Jeder Schmuggler hatte seinen Baum, und auch unter den leichtsinnigen jungen Frauen, die barfuß und ganz mit Mückenstichen bedeckt herumtrippelten, hatte fast jeder die seine.
Da die Abendbrotzeit nahte, tummelten sie sich wie in der Küche einer kleinen Kaserne. In mehreren großen Kochtöpfen, die an Kesselhaken hingen, wie sie der Zufall bot, brodelte die mămăligă, die den guten Duft von Maismehl ausströmte und deren dickflüssiger Saft den Köchinnen in siedendheißen Tropfen auf die Füße spritzte. In anderen Töpfen bereitete man Hechtsuppe mit Zwiebeln, Petersilie, Fenchel und Liebstöckel zu, während mit rotem Pfeffer bestreute Zehnkilokarpfen an den schräg in den Boden gesteckten hölzernen Bratspießen über der flammenzüngelnden Glut zappelten. Dazu wurde noch ein Dutzend mit Knoblauch, Zwiebeln und Räucherspeck gespickter Enten und Wildgänse gebraten. Der Duft, der von diesen

Fleischgerichten ausging, war so appetitlich, daß selbst die Wölfe vor Verlangen heulten.
Doch zu all diesem Futter, auf das sich an die sechzig Mäuler stürzen würden, mußte man etwas zu trinken haben, und vom Sumpfwasser bekommt man ja bekanntlich ›kleine Frösche in den Bauch‹. Nun, es gab Getränke, und was für welche!
Ein Faß mit fünfzehn Hektolitern köstlichen Weins lag zur Kühlung in einem Haufen von feuchtem Riedgras vergraben; das war gleichsam die göttliche Kapelle, die ein geheimnisvoller Hauch umwehte; das Dreihundertliterfaß daneben, das einem Tabernakel merkwürdig ähnelte, enthielt den Heiligen Geist eines himmlischen Pflaumenschnapses, der selbst Tote zu erwecken vermocht hätte, wenn welche da gewesen wären!

Aber zum Glück gab es hier keine jener Zeugen der Vergänglichkeit, die uns mit ihrer ewigen Mahnung angeödet hätten. Sogar Cosma, der den Tod im Herzen trug, vergaß ihn an diesem Abend, ließ sich von der allgemeinen Fröhlichkeit anstecken, und als Hauptmann gab er das Zeichen zum Angriff.
Die ganze Gesellschaft saß auf der Erde, so daß sie ein großes Hufeisen bildete; jeder konnte sich nach Belieben Stücke von dem harten Maisbrei abschneiden und seinen Holzteller mit den Gerichten füllen, auf die er Appetit hatte, und dann wieder an seinen Platz zurückkommen und mit dem Teller auf den Knien essen, wobei man sich für die Suppe eines runden Holzlöffels und für das Gebra-

tene seiner Finger bediente. Was den Wein anging, so wallfahrteten die leeren Holzkännchen in einem ununterbrochenen Pilgerzug zu der Kapelle, wo das göttliche Blut Christi thronte, und kehrten gefüllt zurück.

Cosmas Gesicht glänzte wie das Innere einer aufgeschnittenen roten Wassermelone. Gleich allen anderen Teilnehmern an diesem Festmahl hielt er den Becher mit Pflaumenschnaps in der Hand, und er sprach:

›Freunde! Leben und Tod sind die beiden ewigen Werke der Stute des Herrn. Sie bläst mit ihren Nüstern die Lebenslichter an und bläst sie auch wieder aus. Wir haben nicht danach verlangt, geboren zu werden, also schulden wir niemandem etwas. Nur eine einzige Pflicht haben wir auf Erden: dafür zu sorgen, daß es uns gut geht – und damit wir uns wohl fühlen, müssen wir dreierlei tun; gut essen, gut trinken und kräftig furzen! Fangen wir mit dem Essen und Trinken an! Furzen werden wir nachher in den Zelten.‹

Lautes Gelächter war die Antwort auf diese Rede. Der Inhalt der Becher ergoß sich in die Kehlen, der Pflaumenschnaps reizte den Appetit, und dann hauten alle drein wie die Scheunendrescher. Rasch wurde der Maisbrei in der hohlen Hand zu kleinen Kugeln geformt, die, mit einer weitausholenden, geschickten Bewegung geschleudert, wie Geschosse in den Mund flogen; so sparte man Zeit. Die Löffel waren leer, bevor sie die Lippen berührten. Wenn es beim Hinunterschlingen der Hechte und gebratenen Karpfen vorkam, daß man sich zu viele Gräten aus dem Mund ziehen mußte, wurde prompt der ganze verhängnisvolle

Happen hinter den Rücken gespuckt. In den Holzkrügen verschwanden die Gesichter ganz und gar, und das so lange, bis man sah, wie die Hälse anschwollen und blau wurden. Dann beherrschte den Trinker nur ein Gedanke: Gott vorzuwerfen, daß des Menschen Atem so kurz und der Platz in seinem Magen so knapp bemessen ist. Um dieser göttlichen Ungeschicklichkeit ein wenig abzuhelfen, stand der Tischgenosse, der sich solcherart übervorteilt und um seinen Genuß gebracht sah, flink auf und begann auf der Stelle zu hüpfen, damit sich das Essen setzen konnte; dann machte er sich von neuem über Speise und Trank her. Die Rülpse erleichterten es einem ja auch, recht viel in sich hineinzustopfen, aber damit traf es sich nicht immer glücklich, denn manchmal rollten sie herauf, wenn man den Mund gerade voll hatte, wodurch die Nahrung in die Rachenhöhle gelangte und zu den Nasenlöchern wieder herauskam.

Gegen Ende der Schlemmerei kam ein Mann zu Wort, der uns die Freude an der wohlverdienten Ruhepause verdarb. Bis zu diesem Augenblick hatte er unbeachtet ganz oben an der Spitze des Ovals gesessen. Der Unterführer der Bande, der ihm zur Rechten saß, stand auf, zeigte ihn Cosma und sagte: ›Hauptmann, vielleicht hast du schon bemerkt, daß sich ein Fremdling unter uns befindet, dieser Mönch hier, der sich eines Tages bei einem unserer Wachtposten meldete und den wir vorläufig in unserer Mitte aufgenommen haben, da er sich als rechter Rebell, ergeben und tapfer erwiesen hat. Er möchte auf deine

Gesundheit trinken und dich um seine endgültige Aufnahme in unsere Reihen bitten.‹

Dann sahen wir, wie sich ein breitschultriger, noch junger Mann von mittlerem Wuchs erhob; ein gepflegter blonder Bart rahmte sein sauberes, matt glänzendes Gesicht ein, über dem sich, kahl wie eine Melone, die hohe Stirn wölbte. Seine großen grauen Augen, die das ganze Antlitz erhellten, schauten freimütig drein. Die knöchellange, abgetragene, geflickte Kutte gab ihm ein bedrückend trauriges Aussehen.

Mit heller Stimme sagte er etwa folgendes: ›Ja, Cosma ... Ich will zuerst auf deine und dann auf die Gesundheit aller anderen Anwesenden trinken, und ich bitte, mich deiner Freischar anschließen zu dürfen. Aber – erlaube mir, das zu sagen – deine Worte von vorhin haben mich ein wenig enttäuscht. Wie denn? Leben und Tod – die ewigen Werke einer Stute? Wäre sie auch das Reitpferd des Herrn selbst, nein, das kann nicht sein! Leben und Tod sind Werke Gottes und nicht die seiner Stute, wenn wir einmal annehmen wollen, daß er überhaupt eine hat. Und dann diese andere Beleidigung, die du dem Menschen zufügst, der deiner Meinung nach bloß die Pflicht hat, zu essen, zu trinken und zu furzen! Eine Schweinepflicht! Ich bin enttäuscht. Das Volk sieht in euch seine Befreier, und seiner freundschaftlichen Hilfe habt ihr es zu verdanken, daß ihr nicht von heute auf morgen gehängt werdet. Es hindert euch nicht daran, nach Herzenslust zu essen und zu trinken, aber wenn ihr das nur tut, um im Zelt zu furzen, wahrhaftig, dann bezweifle ich stark, daß ihr anders seid als die Edelleute! Heute abend kann ich euch nicht sagen, wer ich bin und welchen Weg ich zurückgelegt habe, um hierher zu kommen. Ich sage euch nur dies: seid Befreier, und ich werde euch helfen!‹

Kaum hatte der Mönch das letzte Wort gesprochen, da sprang Floricica auf, eilte zu ihm hin und küßte ihn auf die Stirn.

›Mein Gedanke ist es, den ich küsse‹, sagte sie zu ihm.

Die Liebchen unserer Gefährten machten ihre Witze darüber – denn bei solchen Mädchen ersetzt die Albernheit den Verstand –, während die Männer sehr verlegen wurden, weil sie sahen, wie sich Cosmas Miene infolge dieses Zwischenfalls verdüsterte.

Ilie sah zufrieden aus. Cosma fragte ihn:

›Was sagst du zu diesem seltsamen Mönch, Ilie?‹

Ilie hob die Schultern und betrachtete Cosma, dem schon die Adern auf der Stirn schwollen.

›Ich sage, daß jeder Mönch seine Sonntagspredigt hat ... die den Frauen gefällt. Erinnere dich daran, welchen Erfolg du letzte Woche mit der deinigen hattest.‹

Das Tageslicht schwand mehr und mehr dahin. Kaum konnte man noch die Gesichter erkennen. Da wandte sich jedes Paar seiner Lagerstatt zu, und in dieser Nacht, in der ich keinen Schlaf fand, weil ich zuviel gegessen hatte, vernahm ich vielfältiges Gestöhn aus allen Zelten.

Und dies ist das Ende der Geschichte:
Als Cosma am anderen Tag aufstand, war mit ihm nicht gut Kirschen essen.
Kaum aus seinem Zelt herausgetreten, rief er: ›Wenn wir so weitermachen, brauchen wir binnen kurzem ein halbes Dutzend Hebammen. Vorwärts! Die Weiber sollen sehen, daß sie fortkommen, und sich bei ihren Müttern ins Wochenbett legen. Für uns aber heißt es: Zu den Waffen! Aufgesessen! Los geht's!‹
›Und ich?‹ fragte Floricica.
›Du bist kein Weib, du bist ein Mann, ein Rebell! Das Schicksal sendet dich, damit du, wenn ich sterbe, an meine Stelle trittst und es besser machst als ich. Der Tag ist nicht mehr fern. Heute nacht habe ich geträumt, mein nächster Büchsenschuß werde den Feind bei Vollmond verfehlen. Das wäre das drittemal in meinem Leben, daß ich bei Vollmond nicht treffe, und meine Schicksalsfeen haben beschlossen, daß ich von der Hand dieses letzten Gegners fallen soll. Das wird auch geschehen. Und es ist gut so, denn Cosma hat gelebt.‹
Die Männer begannen sofort zusammenzupacken, indes ihre Liebchen, während sie die letzte Mahlzeit bereiteten, von Zeit zu Zeit den Kopf gegen eine Weide lehnten oder ihn dem scheidenden Freund auf die Schulter legten, um zu weinen.
Obwohl Floricica ja auch eine Frau war, hatte sie doch ein festes Herz, wie es sich für einen rechten Freischärler gehört.
›Gewiß‹, sagte sie zu den Jammernden, ›ihr seid unglück-

lich, aber das ist eure eigene Schuld. Ihr habt vergessen, daß diese Männer hier vogelfrei sind, daß sie zu Pferde schlafen und die Frau im Galopp umarmen müssen. Da hat die Geliebte nur eine Aufgabe: die Flinte, die der Mann abfeuert, neu zu laden. Wenn man euch hätte gewähren lassen, würdet ihr eine Kirche und ein Rathaus gebaut, eine Unterpräfektur und eine Garnison eingerichtet haben.‹ Und zu den Männern gewandt, die ihre Schmuggelware einsackten: ›Seht nur diese Trödelhändler! Ihr wollt Freischärler sein? Da muß ich ja lachen! Stickereien, Perlen, Gewebe, stumpfe Dolche und zierliche Pistölchen – Karnevalsplunder, der aufs Haar dem Flitter- und Eisenkram gleicht, mit dem die Kaufleute in den Vorstädten von Stambul die Gehsteige verstopfen, hahaha!‹ Dann zu Cosma: ›Du bist der Hauptmann dieses Basars?‹

Bei diesen Worten stürzte der Mönch auf Floricica zu.

›Laß mich, Frau, deine Stirn küssen, die meine Gedanken birgt!‹

Floricica bot ihm die Stirn dar.

Cosma schaute der unmöglichen Szene zu, pfiff unheilverkündend, ging allein fort und verschwand in einem Schilfdickicht, aus dem plötzlich das herzzerreißende Lied von dem Rebellen Iancu Jianu tönte:

›Kleine Blume am Serethufer,
Iancus Pferd weidet dich ab.
Iancus Pferd, das grast und wiehert,
Iancu aber schläft und träumt.
Und sein Traum: eine Geliebte,

Liebste mit dem Teufel im Leib!
Webt für Iancu frisches Linnen
In dem Maienkäfertal.
Aber nicht für Wäsche ist es,
Sondern für ein Leichentuch,
Das bedecken soll zwei schwarze
Augen, die die Lieb gekannt.‹

Der Gesang verklang in der Ferne. Von Schrecken und Mitleid ergriffen, machte ich mich sofort an Cosmas Verfolgung, indem ich – vorsichtig, damit er es nicht merkte – seinen Spuren nachging. Nach einer Stunde glaubte ich ihn aus den Augen verloren zu haben, weil ich zu viele Lichtungen hatte überqueren müssen. Ich stieg auf eine Weide, um zu sehen, ob nicht irgendwo die Bewegung des Schilfs seine Anwesenheit verriete. Er war aber nicht mehr im Röhricht, sondern am Ufer eines klaren Weihers, etwa zwanzig Schritt von mir entfernt, und nun sah und hörte ich Unglaubliches!
Cosma hatte sich niedergekniet und betete. Lange Zeit lag er nur mit der Stirn auf dem Boden, dann entrang sich's wie ein Stöhnen seiner Brust: ›Gut Herr! Seien wir gerecht, wenn du Gerechtigkeit willst! Bin ich jemals auch nur einen Schritt von dem Gebot abgewichen, das du mir ins Herz geschrieben hast? Ich war noch ein ganz junger Bursche, als du mir den Abscheu vor Habgier und Egoismus einflößtest; damals bestahl ich meinen Vater und gab von seinem Gut den Armen. Dann habe ich im Wald Zuflucht gesucht und von Verbrechen und Raub gelebt. Ja,

von Verbrechen und Raub – nach dem Vorbild der Edelleute, die sich von Diebstahl und Verbrechen ernähren, die Tempel zu deinem Ruhm erbauen und die du mit deiner Heimsuchung wohlweislich verschonst. Über sie bin ich hergefallen, nicht über die Armen. Und wenn ich manchmal, vom Zorn übermannt, Ilie auf den Rücken gesprungen bin und ihn zermalmt habe, dann deshalb, weil er allzu recht hatte. Aber tust du nicht dasselbe? Zermalmst du denn nicht den Armen, der dir deine Ungerechtigkeiten vorwirft? Und wenn dem so ist, wie kannst du es wagen, mir solch einen Schmerz zu senden, der mir die Eingeweide verbrennt? Hast du den Mut, dich zum Richter über mich aufzuwerfen, über mich, der ich dich kenne? Pfui!‹
Er spuckte in den Teich. Dann legte er sich auf den Rücken.
Kurze Zeit danach trat eine Frau aus dem Dickicht, die ihre Kuh zur Tränke führte. Während das Tier seinen Durst stillte, bot sie Cosma einen guten Tag, wobei sie ihn einen Christen nannte. Dann seufzte sie und betrachtete ihn. Cosma achtete gar nicht auf sie. Die Arme über der Brust gekreuzt und eine Gerte in der Hand, sagte sie zu ihm: ›Ich weiß, daß du Cosma bist und mit deinen Gefährten nicht weit von hier in der Wildnis lebst wie wir. Nun, der Allmächtige möge dich schützen! Aber hab auch Mitleid mit uns, den vom Unglück Verfolgten! Wir sind einfache Leute. Die Reichen ziehen uns aus bis aufs Hemd. Aber ach! Was sollen wir tun? Der Herr will es so, um uns für unsere Sünden zu strafen!‹
Ohne sich zu rühren, fiel ihr Cosma ins Wort: ›Scher dich

fort! Du ekelst mich an! Wir – sind – ein – fache – Leute! Stumpfsinnig wie das Vieh seid ihr! Der – Herr – will – es – so! Ich pfeif auf euren Herrn!‹
Er sprang auf und ging fort.
Die Frau bekreuzigte sich und betete:
›Vergib ihm, liebster Herr! Er weiß nicht, was er sagt. Und sein Leben ist schwer.‹

Zwei Monate lang zogen wir, ohne auch nur einen Schuß abzufeuern, der nicht dem Wildbret galt, wie zum Tode Verurteilte durch die Dobrudscha zum Măcin-Gebirge hin. Cosma hatte sich ganz von uns abgewandt, hielt sich abseits und duldete selbst meine oder Ilies Gesellschaft nur selten und widerwillig; Floricica, die alles tat, was sie konnte, um ihn zu trösten, mochte er gar nicht mehr sehen. Unter der Leitung des Unterführers gab sich die Bande mit kleinlichen Räubereien ab, die Cosma immer verschmäht hatte.
Nun waren wir wieder in der Gegend von Brăila, wo sich den Schmugglern manche Gelegenheit zu einem Hinterhalt bot – ein für das freie Leben günstiges Gelände, das den Häschern sehr gefährlich werden konnte.
Wir waren gerade dort angelangt, da verließen uns Cosma und Ilie eines schönen Abends, ohne uns den Grund dafür zu sagen, setzten über die Donau und blieben fünf Tage fort.
Als sie zurückkehrten, rief Cosma, kaum daß er unser ansichtig geworden war: ›Ich habe meinen dritten Flintenschuß bei Vollmond abgegeben und den Mann nicht ge-

troffen. Von jetzt ab zählt mich nicht mehr zu den Lebenden!‹

Er warf alle seine Waffen zur Erde, stieg auf sein Roß und ritt im Schritt davon. Ilie und ich begleiteten ihn; an jenem Tag und auch an den folgenden Tagen wichen wir keinen Fußbreit von seiner Seite, weil wir fürchteten, er würde seinem Leben ein Ende setzen. Aber bald überzeugten wir uns davon, daß unser Argwohn unbegründet war. Übrigens entfernte Cosma sich nicht weit von uns, sondern ritt nur in der Umgebung des Lagers ein wenig spazieren, kam zurück, aß und trank, wie es sich gerade traf, und brach dann wieder auf. Er war nicht allzu schlecht gelaunt, aber auch nicht fröhlich; doch auf alle Fragen, die ihm gestellt wurden, antwortete er bloß mit einem Achselzucken. Manchmal strich er Floricica, die ihm weinend die Hände küßte und ihn ihrer Liebe versicherte, übers Haar. Für ihre Beteuerungen hatte er nur ein Lächeln.

Und wenn man Cosma so aller Waffen entblößt sah, hätte man meinen können, einen derben Schweinehirten vor sich zu haben.

Oh, jene schrecklichen Tage, die doch so schön hätten sein können! Der Sommer ging seinem Ende zu, und um diese Zeit scheinen beim Auf- und Untergang der Sonne alle Bewohner der Sümpfe bis zu den kleinsten Tierlein hinunter vor Lebensfreude geradezu zu jauchzen. Die Brut ist flügge ... Endlose Schwärme neuer Wildenten, Wildgänse, Bleßrallen und Kiebitze, die der Vernichtung entgangen sind, kreuzen am klaren azurblauen Himmel in solcher Höhe, daß sie jeden Jäger zur Verzweiflung bringen. Den jungen Wolf und den jungen Fuchs, die um die Gehöfte streichen, erkennt man an ihrem feigen Gebaren und dem untadeligen Pelz. Hummeln, Maikäfer und andere Insekten schwirren unbesonnen umher, bis sie gegen Bäume prallen. Die Pflanzenwelt hält in ihrem Wuchs inne, ruht sich aus und genießt das Dasein. Das ist der Triumph des Lebens über den Tod.

Ganz anders war es in unserem Lager.

Die persönliche Rache, der sich Cosma und Ilie bei ihrem Besuch in Brăila hingegeben hatten und die jenem seinen Fehlschuß eintrug, hatte die Behörde alarmiert, und wir spürten, daß uns eine große Häscherschar auf den Fersen war. Wir verdoppelten unsere Wachsamkeit, schliefen mit offenen Augen und wechselten dauernd den Lagerplatz.

Das versetzte schließlich jedermann in gereizte Stimmung – nur Cosma nicht, der weiter kam und ging, als führten wir das geruhsamste Leben.

Eines Nachmittags erhob er sich, gleich nachdem wir unsere Mahlzeit beendet hatten, um seiner neuen Gewohnheit gemäß auszureiten.

Ilie, der sich zum Ausruhen niedergelegt hatte, improvisierte, auf den Ellenbogen gestützt, mit einer Stimme, die aus der Tiefe eines Grabes zu kommen schien:

›Bruder Cosma, bleib hier!
Die Häscher sind hinter dir!‹

Für einen Augenblick wandte sich Cosma um und antwortete in noch tieferem Baß:

›Laß sie kommen, ich pfeif auf die:
Wie sie kommen, so gehen sie!‹

Und er stieg auf sein Pferd.
Gleichfalls beritten, folgten wir ihm in etwa dreißig Schritt Entfernung.
Wir befanden uns in der Gegend von Isaccea.
Die Straße, die zu beiden Seiten von hohem Buschwerk gesäumt wurde, lag einsam und verlassen da.
Aber plötzlich tauchten vor unseren Augen aus einem Strauch zwei Flintenläufe auf, die sich auf Cosma richteten; der hob die Hände hoch und rief:
›Ich bin unbewaffnet!‹
›Um so besser!‹ wurde ihm geantwortet.
Zwei Schüsse fielen. Alles ging so schnell vor sich, daß wir kaum dazu kamen, das Feuer aus dem Gebüsch mit unseren Gewehren und Pistolen zu erwidern. Dann sahen wir, wie Cosma sich über seinen Gaul beugte, ihm den Hals mit den Armen umschlang und wie ein Pfeil davonflog. Wir glaubten ihn gerettet.
Er war es nicht, denn plötzlich stürzte Cosma in vollem Galopp mit zerschossener Brust wie ein Sack voll Erde auf die Straße, indes sein Pferd weiterjagte.«

Panaït Istrati
Kyra Kyralina

Roman
Mit einem Vorwort von Romain Rolland
Titel der Originalausgabe:
Kyra Kyralina
Aus dem Französischen von Elisabeth Eichholtz
KiWi 192

In *Kyra Kyralina* erzählt der Limonadenhändler Stavro drei Episoden aus seinem Leben, die aus dem verwöhnten Jungen Dragomir einen seelischen Krüppel und Narr gemacht haben: Die Geschichte seiner Kindheit, seiner Ehe und seiner 14jährigen Suche in den Ländern des Orients nach der Schwester, die verkauft und in einen Harem verschleppt worden ist.

KiWi Paperbackreihe bei Kiepenheuer & Witsch

GABRIEL GARCIA MÁRQUEZ
DIE ERZÄHLUNGEN

Titel der Originalausgabe:
Ojos de perro azul / Los funerales de la Mamá Grande / La increíble y triste historia de la cándida Eréndira y de su abuela desalmada
Aus dem kolumbianischen Spanisch
von Curt Meyer-Clason
KiWi 222

Alle Erzählungen von Gabriel García Márquez in einem Band.
Grotesk verzerrt, phantastisch überhöht, erzählt García Márquez in seinen Geschichten von Gewalt, Tod und Einsamkeit, von der ewigen Wiederkehr der Dinge und von der unentrinnbaren Zeit.

KiWi Paperbackreihe bei Kiepenheuer & Witsch